EL PUZLE

SERIE: DESPIERTA

ANGEL ESGUERRA NAIZIR

Título original: El Puzle
Autor: Angel Esguerra Naizir
Primera edición: 1

Edición 2024
Diagramación: Sergio Cruz

Impreso por:
Amazon
Queda hecho el depósito legal
Reservados todos los derechos.

Queda rigurosamente prohibida la reproducción total o parcial por cualquier medio o procedimiento incluidos la reprografía y el tratamiento informático.

Mas él, conociendo los pensamientos de ellos, les dijo:
Todo reino dividido contra sí mismo, es asolado;
y una casa dividida contra sí misma, cae.
Lucas 11: 17

ALCALDÍA MUNICIPAL DE VILLA RICA
Y
DEPARTAMENTO DE POLICÍA COSTA NORTE

RECOMPENSA

HASTA DE 500 MILLONES DE PESOS
$500.000.000

POR INFORMACIÓN QUE AYUDE A LA IDENTIFICACIÓN Y CAPTURA DEL GRUPO TERRORISTA LOS 7

TELÉFONOS: (5) 3465782 – 7654398 – 8907654
E-mail: policianacionalvr@hotmail.com -
repucolpoli@gmail.gov.mo

POLICÍA NACIONAL DE LA REPÚBLICA
COLONIAL DEL SUR

ABSOLUTA RESERVA

Villa Rica

Rumores de guerra, todo a causa de la burla.

Los 7, una patota de burladores, elevados a la categoría de héroes, y conocidos por mofarse de ricos y famosos eran los responsables del mayor caos que se hubiese conocido en la tierra. Ni siquiera el papa o el dalái lama habían podido librarse de su villanía. Sin embargo, en aquel momento, el operativo de captura estaba dirigido a otro objetivo.

—Mayor, le traigo una novedad.

—¿Qué pasa, García? —replicó el mayor Artunduaga.

—Se están produciendo serios inconvenientes en los campamentos aliados.

—¿De qué habla?

Los campamentos de los aliados estaban siendo bombardeados con sus propias armas. Las seis agencias de seguridad, acampadas en Villa Rica, habían perdido el control de los sistemas, y los drones de guerra se volvieron en su contra. Una vez más la World Hacker Organization se salía con la suya.

—Esto lo cambia todo —se lamentó Artunduaga—. Dé la orden para que nuestros hombres vigilen las entradas.

—Ya se encuentran allí, mayor.

—Perfecto. Escuche bien. Quiero cuatro grupos de tres hombres armados y preparados para cuando yo dé la señal. Entonces, entrarán a los subterráneos para capturar a Batachanga.

Ricardo Batachanga era, después de Los 7, el hombre más perseguido por las autoridades de la Colonia del Sur. No podían olvidar ningún detalle; siempre lograba escapar de maneras inverosímiles. Sabían que se refugiaba en pasajes subterráneos, en un área restringida, desde hacía mucho tiempo.

Cinco minutos después de que se internaron los comandos bajo tierra, una gran explosión se oyó en toda la ciudad.

—Mayor, se ha registrado una explosión en las inmediaciones del barrio La Magdalena.

Artunduaga se retiró la cachucha resoplando.

—Escuche, García, envíe un helicóptero a inspeccionar la zona... ¿Qué espera, hombre? ¡Muévase!

La explosión produjo un boquete del tamaño de una manzana. Batachanga, quien siempre se declaró inocente, seguía insistiendo en que solo era una víctima del grupo de Los 7. Esta vez no había duda, él era el responsable de la detonación. Viéndose rodeado, decidió aprovechar un escape en las tuberías de gas. Era su último recurso. Desde un lugar que consideró seguro, apuntó al orificio vaporoso, cerró los ojos y disparó.

—Mayor, me informan que el agujero es gigantesco.

—¡Maldito Batachanga! —replicó Artunduaga, presionándose las sienes.

—¿Y el helicóptero?

—Hay dos sobrevolando la zona. Batachanga no podrá escapar; aunque lo más seguro es que haya muerto en la explosión.

—¡Que un escuadrón entre al boquete a comprobarlo! ¡Quiero que me traigan a esa rata, ya!

—Señor, es peligroso. Hay mucha emanación de gas.

—No pedí su opinión. Haga lo que...

Una explosión mayor interrumpió sus palabras. Los estallidos se continuaron por las calles de la ciudad. Las conexiones de gas explotaban recorriendo un camino de pólvora. Artunduaga vio a García salir volando, y un segundo después le tembló el piso y la fuerza de la tierra lo levantó hasta la copa de un árbol. La chispa de un poste de luz que se había caído activó la nube de gas esparcida alrededor del boquete en una llamarada que alcanzó a los dos helicópteros. En cuestión de minutos el escenario de Villa Rica se tornó dantesco. El humo negro cubriendo el cielo; las calles de la ciudad destruidas; y varios puentes destrozados fracturaron la villa en varias zonas.

Según Batachanga, los responsables eran Los 7, declarados como terroristas. Empezaron burlándose de líderes locales y siguieron al ámbito nacional. Al principio, para los países del primer mundo no pasaba de ser una noticia en las secciones de entretenimiento de los noticieros. La cosa cambió cuando La República Solidaria del Pueblo estuvo a punto de declararle la guerra a La Colonia del Sur. El acuerdo entre las potencias que apoyan a una y a otra de estas naciones contuvo la conflagración. El motivo de la discordia fue la publicación en redes sociales de un video esperpéntico del presidente bolivariano Nolás Chontaduro. Aunque fue perpetrado por el grupo terrorista, el gobierno solidario acusaba a Yunque y a sus amos del imperio.

Dos sucesos desbordaron la atención del público hacia estos particulares terroristas. Primero, el escarnio público al que sometían a los poderosos difundiendo sus intimidades y peores secretos. Segundo, se pensó, que la propagación de una epidemia por un virus virtual que sometería al mundo a través de un video juego era una simple amenaza.

—¡Cuidado con los cables eléctricos! —gritó el jefe de bomberos.

Mientras tanto, el capitán García era atendido en una ambulancia debido a algunos raspones en el cuerpo. El sentimiento de solidaridad era total, también la burla a las autoridades coloniales. Fue peor, mucho peor, para las más prestigiosas agencias de servicio secreto del mundo, que aseguraron que acabarían con los terroristas, e hicieron el ridículo.

—¡García, baje de allí, tenemos que seguir trabajando!

García descendió de la ambulancia y ordenó que desalojaran la zona.

Artunduaga tenía encima la presión de los medios de comunicación, de la prensa mundial, pero, sobre todo, de Presidencia. La más reciente fechoría de Los 7 tenía al presidente al borde del colapso. Sucedió que uno de los facinerosos se escurrió hasta el bunker del Palacio de Nariño, donde el mandatario Yunque estaba reunido con el embajador norteamericano, John Cyrus. Batachanga, enmascarado al mejor estilo de Hollywood, se hizo pasar por un camarero de confianza y los drogó, los amarró, los amordazó y los sacó de Palacio, luego los embaló en una caja que fue transportada hasta el senado de los Estados Unidos, donde fue entregada como una caja sorpresa en una de sus sesiones.

—Mayor, tengo dos noticias.

—Hable de una vez, García.

—La primera es que hay derrumbes en los subterráneos. Al parecer, los rehenes no sobrevivieron.

La noticia impactó a Artunduaga. Sabía que lo peor estaba por venir. Los reclamos del mundo entero recaerían sobre él.

García esbozó una sonrisa irónica.

—¿De qué ríe, hombre? ¿No se da cuenta de la gravedad del asunto?

—Señor, encontraron el cadáver de Batachanga.

La noticia lo tomó por sorpresa. Su rostro cambió completamente. Gritó emocionado empuñando los brazos en alto, como si con la muerte de Batachanga se borrara la pérdida de un número indeterminado de secuestrados que podría superar la centena.

El tema con Batachanga era personal. Todo comenzó cuando el mayor recibió una caja el día de su cumpleaños, con un video y una nota firmada por él. El video contenía pruebas de la Comunidad del Bastón, una red secreta en el interior de la Policía que realizaba prácticas un tanto peculiares. De ser publicado en las redes, como amenazaba, las consecuencias serían catastróficas: altos mandos y agentes rasos hincados de rodillas con la cabeza contra el piso y los pantalones abajo, exponiendo sus traseros en un concurso de la mejor cola.

Unos minutos después, Artunduaga notó a un grupo de hombres que le murmuraba algo a García.

—¿Qué pasa, García?

García estaba indeciso, pero ante la insistencia del mayor, se acercó.

—Mayor, no era el cadáver de Batachanga.

—¿Qué dice, imbécil?

—El cuerpo que se encontró fue el de un teniente de nuestras fuerzas...

—¡Explíquese!

—Pues... que Batachanga...

—¡No! ¡No me diga que Batachanga anda por ahí uniformado como uno más de nosotros!

—Sí, señor, así es. Y lo peor es que...

—¡No, no, no! ¿Acaso hay algo más?

—Señor, se robó un camión lleno de explosivos y no sabemos dónde está.

EL PUZLE

360°

www.360grados.com

| VILLA RICA | EDICIÓN | COLONIA DEL SUR | POLÍTICA |
| JUDICIAL | MUNDO | DEPORTES | ECONOMÍA |

El Puzle: un dolor de cabeza para la Policía

Pese a que ya son doce las víctimas del asesino múltiple reconocido como el Puzle, ni la policía ni los entes de control dan indicios de avanzar en la investigación. El pánico se ha tomado las calles de la ciudad de Villa Rica y ninguna autoridad se pronuncia al respecto. Los mensajes de la Alcaldía se reducen a un llamado a la prudencia y a tomar medidas preventivas.

El bullicio y la alegría de los barrios han sido remplazados por el silencio y la desconfianza. Parques y lugares de esparcimiento públicos se han convertido en escenarios lúgubres y vacíos a los que nadie se atreve a asistir. De nada han servido los plantones y protestas de la comunidad pidiendo el regreso al esparcimiento y la seguridad de siempre.

Jamás la ciudad se vio amenazada por homicidas de esta calaña. Los primeros hallazgos sugirieron retaliaciones entre carteles de las drogas o por motivos de venganza. Pero la sevicia de este asesino que descuartiza a sus víctimas y… (Continúa en la página 7).

CAPÍTULO 1

Seis meses antes...

Aquella mañana, la atención de los villariquenses se enfocaba en las alturas. Desde muy temprano, un colorido globo aerostático volaba por los cielos a merced de las corrientes de aire. Tres horas después de su aparición, se encaminó en dirección opuesta al sol. El canal local de televisión interrumpía su programación cada tanto para informar sobre su procedencia, cargamento y demás. Las averiguaciones corrían por cuenta de la oficina de la Aeronáutica Civil. El globo había sido robado de sus instalaciones, hecho que se adjudicaron Los 7 mediate un mensaje, que advertía sobre los ocupantes del dirigible: los funcionarios Gabriel Rojas y Lola Fuentes, agentes de la Fiscalía, encargados de investigar la identidad del asesino múltiple que mantenía en pánico a la ciudad. Se conocieron sus identidades unas semanas atrás, cuando a la entrada de una cafetería, un tipo, vestido con sudadera y capucha los atacó por la espalda: a Lola le arrebató la peluca y a Gabriel le estalló en la cara una bolsa de pintura amarilla. Cuando quisieron correr tras el atacante, el grito de un hombre disfrazado de payaso, blandiendo una pistola desde un auto, los obligó a tirarse al piso.

—¡Ese es un regalo de Los 7..., agentes de pacotilla!

El atacante disparó dos veces a las llantas del auto de Lola y huyó entre burlas.

Ese acto marcaba el inicio de la sofocante relación que tendrían con el perverso grupo. Para entonces, sobre ellos dos recaía toda la presión por la falta de resultados acerca del asesino múltiple. Las burlas en el interior de la Fiscalía no habían sido menores para Gabriel porque su esposa, quien fuera su fiel compañera por seis años, fue la primera en sufrir los oficios depravados del múltiple asesino apodado como el Puzle, hecho por el cual debería estar impedido para participar en dicha investigación. Sin embargo, el jefe Demóstenes Bueno, lo dejó a cargo.

En cuanto a Lola, recién llegada al cuerpo de investigadores, poseía una hoja de vida impecable; valentía y capacidad para camuflarse, que la hacían merecedora de servir como compañera de Gabriel en esa misión. Distinción que la hizo sentirse privilegiada hasta que se topó con él. A diferencia del resto de los agentes, Gabriel no se inmutó por las curvas de la novata que entusiasmaban a la jauría del cuerpo de investigadores.

En aquel globo él farfullaba sin poder abrir los ojos. Le dolía la cabeza y tenía frío. No sabía si luchaba por despertar de un desmayo o si en realidad se estaba desvaneciendo. De saber que se remontaba en el firmamento habría colapsado víctima de su miedo a las alturas. Su mente divagaba en cierto momento del pasado con la agente Fuentes:

—¿Y esa peluca? Es nueva, ¿ah? —le preguntó mientras subían al auto.

El verdadero color y textura de su cabello le inquietaba. A veces parecía otra. Según ella, se rapó dos años atrás en solidaridad con las enfermas de cáncer, y desde entonces optó por los postizos. «Me quité ese pelo de encima», bromeaba al respecto.

—¿No te gusto así pelirroja? —Ella le guiñó un ojo y aceleró, haciendo rugir su consentido Mustang azul Shelby GT 350—. ¿O te gusto más sin pelo? —De un tirón, se arrancó la peluca desde la frente—. Ya veo, no sabes qué decir. Todos dicen que te traigo loco, ¿tú qué dices? Yo no creo. No será que... ¿eres gay?

Hasta ahí le llegaban los recuerdos. La escena se repetía una y otra vez en su mente.

Lola estaba acostumbrada a ser admirada, cortejada, adulada. El hecho de pasar desapercibida para Gabriel, la inquietó desde el principio, aunque no entendía por qué, si ni siquiera era su tipo.

Bueno, eso fue al principio.

Después de un mes de andar juntos, cada vez que le hacía inventario empezaba enumerando lo que no le agradaba. Al final terminaba reconociéndole atributos que inclinaban la balanza a su favor.

Una turbulenta corriente de aire estremeció el globo que parecía lo pondría de cabeza. La Aeronáutica Civil disponía las labores de salvamento presionada por la oficina del alcalde. No disponían de drones con cámaras para anticipar el estado de los agentes a la prensa, así que debían esperar un helicóptero de rescate que estaba en labores de mantenimiento. La larga espera obligó a los reporteros de la mañana a acudir a los refritos del día anterior. Las noticias sobre muertos eran efectivas para retener a la teleaudiencia. Repitieron por enésima vez el informe sobre el Puzle. El reportero decía:

"Se han hallado a las afueras de la ciudad restos humanos en avanzado estado de descomposición. Ambos brazos de alguna de las víctimas han sido descubiertos por un vecino que recorría la zona con su perro labrador. La lluvia debió desenterrar la bolsa plástica que los contenía y la mascota, atraída por el hedor, se revolcó sobre el macabro hallazgo".

Justamente, esa era la escena que revoloteaba en la mente de Lola Fuentes. Fueron ella y el agente Rojas los encargados de adelantar aquella diligencia. Se sentía como anestesiada ante las imágenes reiterativas de aquel extraño sujeto:

—Bueno, señor Mignon, ya tengo sus datos —le dijo al dueño del animal al tiempo que terminaba de anotar los pormenores en su celular—. Le avisaremos si surge cualquier cosa que requiera indagatoria.

El hombre asintió de mala gana. Rezongaba molesto por tales requerimientos, mientras la miraba descaradamente de arriba abajo. A unos diez pasos, Gabriel Rojas sonrió al advertir el fastidio de su compañera.

—Ya puede retirarse —ordenó la agente, frunciendo el ceño.

—¿Es todo, señora agente? —preguntó sin quitarle la mirada de los senos.

—Ya le dije. Es todo, ¿o quiere que lo lleve a la Fiscalía?

—No, no. Está bien, agente.

El hombre se retiró volteando a cada paso. El rostro de ella se fue descomponiendo. Esa mirada escabrosa la indignaba. Se mandó la mano a la riata y antes de que el sujeto diera otro paso, le apuntó con la pistola de dotación.

—¡Quieto ahí!

De cuatro zancadas, lo alcanzó. El hombre, alzando las manos, soltó el perro para que la atacara. Una patada en el hocico fue suficiente para mandarlo al suelo chillando. Sin duda, lo siguiente hubiese sido un balazo.

—¡Póngase de espaldas! —le gritó al hombre y le dio un puñetazo en la cabeza.

—¡Eh, un momento! —Gabriel corrió en ayuda de su compañera.

Otra vez le tocaba el papel de policía bueno. No se podían permitir otro video de abuso policial en momentos tan sensibles, menos con un tipejo de 1,60 de estatura y más barriga que pelo.

—¡No se meta, por favor, agente Rojas!

—Disculpe, agente Fuentes. Tenemos una llamada urgente que atender.

Ella resopló rabiosa.

—¡Usted, lárguese antes de que lo encierre!

Esa frase retumbaba como un mantra involuntario en su cabeza, rebobinando una y otra vez las molestias de dicha indagatoria, indiferente al bamboleo que agitaba la aeronave. Además de las dificultades que ocasionaba la fuerte brisa, durante toda la labor de rescate el helicóptero y su tripulación debió sortear el bombardeo de tres drones bélicos a la recámara del globo. Quienes se solidarizaban con el grupo terrorista de Los 7 decían que lo de ellos era la burla, no matar. Sin embargo, esta vez los detectives vieron en riesgo sus vidas, sin sospecharlo siquiera.

La investigación determinaría que habían sido reducidos con escopolamina. Ignorar cómo había pasado no los exculpaba. A pesar de su excelente desempeño como inspectores, nefastas consecuencias los perseguirían. El helicóptero los halló desnudos, amarrados uno frente al otro. Fue imposible evitar el escándalo que desataron aquellas primeras imágenes. Los noticieros y periódicos en sus secciones de chismes y farándula, así como redes sociales las difundían sin reserva. Ya eran de dominio público.

Pero dos hechos requerían de su atención inmediata: debían dar con el paradero de Ricardo Batachanga, quien fue acusado por medio de un anónimo encontrado sobre el escritorio del jefe Bueno de ser el Puzle y, más apremiante aún, investigar los confusos hechos de sangre en la cárcel de El Buen Pastor.

360°

www.360grados.com

| VILLA RICA | EDICIÓN | COLONIA DEL SUR | POLÍTICA |
| JUDICIAL | MUNDO | DEPORTES | ECONOMÍA |

Un supuesto escritor de misterio sería el Puzle

El anuncio policial sobre la identidad del asesino múltiple que azota a Villa Rica fue recibido con escepticismo. Al parecer, se trataría de Ricardo Batachanga, un supuesto escritor desaparecido hace más de dos meses.

Sin embargo, los reiterados desatinos de las autoridades en el caso no constituyen un parte de seguridad para la ciudadanía, según ha dicho un representante de la Defensoría del Pueblo.

No hay registros del señalado y ni siquiera se sabe si ese nombre es un seudónimo, un alias; o simples conjeturas de los investigadores para mostrar resultados al alcalde Nepomuceno.

«Amanecerá y veremos —es el comentario de la gente de a pie—. Quién sabe cuántos muertos más debe». (Sigue página 5).

CAPÍTULO 2

—Estos tipos nunca cumplen —dijo Ricardo mientras miraba su reloj frunciendo los labios.

Empezó a caminar buscando una de las salidas del parque Suri Salcedo.

Tres veces acordaron cita y tres veces la incumplieron. Esta vez quedaron a las tres. Habían pasado cuarenta y cinco minutos de la hora y seguía esperando.

Enemigo del incumplimiento, los refunfuños no se hicieron esperar. Los ojos entornados, las cejas arrugadas y los labios apretados eran señal de que se desataba una gran pelea en su interior. Fantaseaba sobre la manera como les recriminaría, su falta de seriedad cuando los viera. La sensación de que todos querían burlarse de él lo mantenía a la defensiva. Cuando explotaba lo hacía con palabras de alto calibre; bueno, al menos en su mente. Al momento de actuar siempre se le mojaba la pólvora. Esta opinión de sí mismo le hervía aún más la sangre al recordarle que por ello sus amigos de juventud lo habían apodado Agüita e' peo. A medida que caminaba se le amargaba aún más el rostro: el labio superior le temblaba y las fosas nasales se expandían regulándole la agitación de toro rabioso.

Debía controlarse. Evitar que se le subiera la presión no era una opción. Suspiró profundo varias veces con el viejo recurso de contar hasta diez, veinte, treinta. Nada, era inútil. Se había jurado que ese tipo de cosas no lo afectarían más. Conocer o no a un grupo de tipos, por más que compartieran sus ideales, no podía ser más importante que su salud.

Enfocó la mirada en las mujeres que pasaban. «Esto sí es importante», pensó. Las faldas cortas peleando con la brisa, las cabelleras ondulantes, las risas, su desenfado y alharaca fueron santo remedio. Compró un helado a un vendedor ambulante y se sentó a apreciar el paisaje en una de las bancas al final de los jardines. Luego se dejó atrapar por un inusitado éxtasis.

La tarde se mostraba sin sol, como le gustaba. El cielo encapotado le sugirió un canto a la alegría. La brisa fresca le oxigenó el genio y pudo apreciar los árboles coposos reverdecidos por la lluvia de los últimos meses. Le encantaba su ciudad y su gente apasionada. Sus mejores recuerdos recorrían las calles y pasillos de la zona de tolerancia muy cerca de allí. Fueran buenos o malos, eran su verdadero tesoro, en ellos se fundamentaba su vida. Por ellos escribía y hasta respiraba, daba gracias o maldecía. Inspiración, actitud y resumen de todo lo que era, provenían de la suma y restas de aquellos. Resultado que invariablemente lo dejaba en deuda consigo mismo. El saldo existencial estaba en su contra y con varios ceros a la derecha. La falta de confianza en sí mismo no le permitía darse cuenta de lo mucho que tenía a su favor.

Su pensamiento no pasaba el umbral de los auto reproches, y desde allí, no más allá de sus narices, evaluaba a los demás. Imposible un diagnóstico amable de vecinos y del mundo cuando su universo interno era propenso al colapso. Se ahogaba en las tormentas de un vaso medio vacío. Si pudiera saltar por un momento los muros mentales que le apresaban el alma, apreciaría lo atractivo que podría resultarle a los demás... a las mujeres; y las muchas envidias que su ingenio provocaba. Pero el cristal bajo el que se observaba era un espejo que jugaba en su contra. Su esmirriado amor propio, apenas comparable con su trasero, le desbarataba los intentos por tener una buena actitud. No le gustaban sus piernas, no le gustaban sus brazos: no se gustaba. Por eso, instantes mínimos como aquel, con un helado en la mano y abrazado por la brisa le traían recuerdos felices. De qué manera irónica, azarosa y diametralmente opuesta se tornaban sin aviso:

de profundos y plácidos a desconfiados, agresivos y potencialmente destructivos, cual bomba de tiempo en un abrir y cerrar de ojos. Peligroso, y él lo sabía, que fueran de un polo a otro con tal facilidad.

La fascinación se evaporó tan rápido como llegó, a causa de la fuerte discusión de dos taxistas que detenían el tráfico cuando estuvieron a punto de chocar. Los pitos, los insultos de los conductores exigiendo el paso, y las groserías de transeúntes que los azuzaban a bajarse a pelear, lo regresaron a la realidad.

Una cosa era querer, otra era poder dominar los estrépitos del temperamento. Los ruidos de las emociones negativas lo retornaron a los reproches por el frustrado encuentro. Hacía una semana que venía puntualizando sus opiniones para hablarles sin tapujos a la membresía de Los 7. Hasta las había escrito para no olvidar nada. Quería develarles su descontento con el mundo y la sociedad en general, demostrar que era digno de pertenecer a su grupo y confesarles sus perennes planes para burlar a los cretinos. Sabía que ya ellos venían haciendo una extraordinaria labor al respecto. Hubiera dado lo que fuera para hacer parte de esa facción de saboteadores, desadaptados, subversivos, terroristas, como los calificó la prensa después que salieron en las redes sociales las fotos del presidente en tan embarazosa situación.

De otro lado, la propuesta provino de ellos. Quién sabe cómo, tal vez supieron de su trabajo y quisieron integrarlo proponiéndoselo a través de un inesperado mensaje a su correo privado. Era un privilegio que lo tuvieran en cuenta. Por eso aceptó lo que ellos llamaron una virtual prueba de iniciación: desprestigiar, inculpar e incitar la persecución en contra de Adán San Juan y Eva Borelli. El premio a su esfuerzo hasta este momento era el no saberse nada de ellos. Desaparición que le remordía la consciencia. Desde entonces su pecho era el valle donde se libraban miles de contiendas. Una legión de voces le engalillaba la culpa para atormentarlo y doblegarle los ánimos; y por seguirle la cuerda, embelesado en sus cantos de sirena terminaba jugando en su propia contra.

Mordió lo que quedaba del cono para que no siguiera chorreando. Tendría que lavarse las manos, le resultaba fastidioso sentirlas pegajosas.

Vio llegar una moto de la que se bajó el parrillero en el lugar donde minutos antes él estuvo esperando. El muchacho, que no pasaba de los veinte años, buscaba afanosamente a alguien. «A él también le quedaron mal», pensó y concluyó que del grupo de Los 7 no podía ser porque era muy joven.

Cuando el muchacho se regresó a la moto, maldiciendo por la diligencia inútil, el conductor le señaló con la boca a Ricardo. Su cara cambió al verle. Apresurado y sonriente, se dirigió hacia él a la vez que saludaba agitando la mano en alto.

—¿Es usted Ricardo Batachanga? —le preguntó a diez metros de distancia sin detener el paso.

—Sí, dígame.

—Le mandan un recado —dijo sonriente, mientras se mandaba la mano detrás.

La escena hizo clic en la mente de Ricardo que creyó verlo todo en cámara lenta. Reaccionó. En una milésima de segundo recordó los anónimos amenazándolo de muerte, el modus operandi de los sicarios en moto y las maneras en cómo se procedería en el caso remoto de un atentado, y se le fue encima al mensajero.

Antes de que sacara el arma, ya le había encajado una patada en la boca del estómago y un puño en la cara que lo mandó al piso, donde aprovechó para pisarle la mano haciéndole soltar el arma y patearla lejos.

Cuando el sujeto se levantó, aún turulato por la caída, ya Ricardo había desaparecido corriendo calle abajo. El compinche zumbaba el motor y le gritaba que se subiera, pero el muchacho no daba pie con bola. Respiraba con dificultad, oía la voz del amigo en un eco lejano guiándolo para que recogiera el arma.

—¡Oh, no! Esa manía de pensar es lo que me va a matar —exclamó Ricardo corriendo lo que más podía.

Iba calculando posibilidades, probables vías de escape; incapaz de evitar la discusión interna, presupuestando si fuese por sus opiniones que ahora lo perseguían para matarlo. Pero ¿por qué?, ¿por su mala vida?, ¿por sus libros?, ¿por Radio Bemba Web? Era controversial, pero no era para tanto.

La moto a toda marcha tomó el rumbo equivocado. Oyéndola alejarse, salió del baño de la estación de gasolina en el que se había refugiado y corrió buscando la calle 72 para tomar un taxi. Todos ocupados. Debía moverse. Decidió alcanzar la esquina a unos cien metros para tomar un bus que lo sacara de allí antes de que regresaran por él.

Instigado por los pensamientos fatalistas de siempre, actualizados por la creciente inseguridad que magnificaba la prensa amarilla, recordó la noticia de la pareja que quince días atrás fue obligada a bajar de un bus para ser asesinada en plena vía pública. Ese pensamiento lo paralizó unos segundos sin saber para dónde coger. ¿Cómo podría escapar con su pésimo estado físico? ¿Cómo haría para enfrentarse a jóvenes a los que doblaba en edad? ¡Cómo, cómo, cómo!

Pensó en cruzar la calle, regresar al parque entrando por un costado y saliendo por el otro para cortar camino y despistarlos. Nunca pensarían que volvería al mismo lugar. Pero se contuvo cuando quiso dar el primer paso. Los sicarios, asomándose por la esquina dos cuadras más abajo, le modificaron el plan.

Resolvió entrar al supermercado que ocupaba la manzana entera, cruzando la avenida. Perderse entre la muchedumbre era su única salida. Antes de adentrarse en el barullo del comercio se asomó por una de las puertas laterales, inspeccionando el rumbo de sus perseguidores para saber si contaba con la ventaja de que ignorasen su paradero. Mala idea; ambos lo detectaron.

En el acto, el conductor de la moto disminuyó la velocidad y el parrillero se lanzó hacia atrás cayendo de pie. Ricardo no esperó a ver más y reemprendió la huida. Tropezar con sus miradas fue lo peor. Los malos presentimientos cobraron vida con una pavorosa ráfaga que le enfrió las tripas y le desmoronó los ánimos. Los pies le pesaban, cada paso era un suplicio. Su conducta paranoica llamaba la atención. En esos estados de angustia, imposible pasar por alto su torpeza. El aturdimiento era señuelo para el perseguidor, que apenas entrando lo enfocó en el segundo piso.

Mientras él tropezaba con todo, el sicario subió las escaleras dando grandes zancadas. De verlo tan cerca, Ricardo empezó a engarrotarse, resignándose a ser baleado. Rogando que fuera un tiro en el corazón y no en la cara. No quería ser un feo espectáculo aún después de muerto.

Reaccionó al tropezar con un maniquí. De a poco le surgieron fuerzas que no sabía que tenía. Si iba a morir que fuese luchando;

bueno, o corriendo, eso también era luchar. El sigilo y la presteza que determinaron sus pasos en la calle regresaron. Del pusilánime de siempre, pasó otra vez al tipo que añoraba ser.

Bajó las escaleras y despistó al sicario lanzando una manzana que tomó en la sección de frutas hacia el otro lado de donde se encontraba. La confusión de la gente y los reclamos de los supervisores le permitieron verificar que el sicario no estaba allí.

Rápidamente salió. En un acopio de dignidad, sin perder la calma y la compostura, cruzó la calle. Al alcanzar la esquina se dio a la carrera. Le vinieron las imágenes de los anónimos que, a diario, desde hacía dos semanas, hallaba bajo la puerta. Recortes de revistas o periódicos. Lo acusaban de traidor, pero no sabía por qué. Nunca fue amigo de asociaciones humanas de ningún tipo.

Cruzó por una media calle adelante con la intención de entrar a otro centro comercial. Justo cuando iba a cruzar la amplia puerta de entrada, cayó al suelo tropezado con una chica en ropa deportiva que huía de una multitud. Sus miradas se encontraron por un segundo. Suficiente para que se gustaran, se atrajeran, se reconocieran el uno en el otro.

—¡Vámonos por aquí! —le dijo ella tomándolo de la mano para ayudarlo a levantarse.

Él la siguió sin saber por qué.

Sin parar de correr, le dijo:

—Soy Zoe, Zoe de la Cruz.

Escuchar su nombre le produjo uno de esos instantes felices. Sintió que con ella sus cómputos existenciales quedaban a paz y salvo. Que completaba sus sueños inconclusos, aquellos en los que sabía que existía, aunque su rostro no se revelaba.

Asirse a su mano suave y vigorosa le dio la certeza de compañía y sosiego. La osadía de sus parpados morados y plata; sus ojos de ámbar y su cuerpo delgado de rotundos acentos, delataban los arrojos de quien va hasta las últimas por alguien sin nada a cambio.

—Yo soy Ricardo —respondió, apretado a su mano, decidido a escapar con ella.

360°

www.360grados.com

| VILLA RICA | EDICIÓN | COLONIA DEL SUR | POLÍTICA |
| JUDICIAL | MUNDO | DEPORTES | ECONOMÍA |

Reclusa, asesina a dos guardias en El Buen Pastor

La psiquiatra Alana Paba es señalada de acabar con la vida de dos guardias en la correccional de mujeres, donde se halla recluida desde hace nueve meses. Según los funcionarios, todas las pruebas apuntan a la doctora Paba. En la mañana de ayer, los dos agentes fueron hallados inmersos en su propia sangre, por las personas encargadas del turno matutino.

La tragedia enluta a las familias de los agentes Bernardo Martínez y Henry Sánchez, quienes estaban al servicio de la guardia penitenciaria desde hacía cuatro y cinco años respectivamente. Hijos y esposas sufren la pérdida de quienes, además del lazo afectivo, eran su soporte económico. «Pesimista es el panorama de nuestras familias cuando la ayuda del estado es mínima», opinó el hijo mayor de uno de ellos. (Sigue en la página 3).

CAPÍTULO 3

—¿Por qué vamos a la cárcel de mujeres? —le preguntó Lola a Gabriel mientras parqueaba el auto.
—Hubo un asesinato.
—Pero debemos encontrar a Ricardo Batachanga.
—Por eso vamos para allá.

Alana Paba, una destacada y reconocida profesional en el área de la psiquiatría llegó a la cárcel luego de imputársele cargos por celebración indebida de contratos, falsedad en documento público, concierto para delinquir en el desfalco al erario de la nación, entre otros delitos. Pero su gran pecado fue, como juraban algunos de sus detractores, tener de paciente a Ricardo Batachanga. A esas alturas de la investigación, eran meras especulaciones. Al igual que los cargos imputados a la doctora, quien aseguraba que todo había sido un montaje.

Pero hoy, en cuanto a lo que denunciaban los periódicos, sí que estaba en problemas. Las pruebas la señalaban como la autora material del doble homicidio. La sangre en sus manos y ropas, las huellas, su propia confesión en medio de las burlas de cómo sufrieron los sacrificados el desgarramiento de sus entrañas, no dejaban lugar a dudas.

—Una mujer así es la que tú necesitas —le dijo Fuentes a Rojas en voz baja, cuidando de que no entrara y la oyera el jefe del penal en la oficina donde lo esperaban.

—Fuentes, compórtese.

Julián Porras, jefe del penal, entró impregnando la oficina con su loción.

—No, no se levanten. No hay necesidad de tantos protocolos. Todos estamos del mismo lado. —Se presentó estrechándoles la mano con gran vitalidad. A Lola le hizo notar inmediatamente la buena impresión que le causaba.

El rostro de Lola era un muro.

—Señor director —se adelantó Gabriel para diluir la tensión—, estamos aquí porque...

—Me imagino por qué están aquí —lo interrumpió el hombre sin dejar de sonreír ni de mascar su chicle—. ¿Les apetece un café?

—No —dijo Lola, tajante—. Estamos aquí solamente para hacer nuestro trabajo.

El director la miraba sin desdibujar su sonrisa.

Gabriel, sin saber qué decir, registraba la escena con los dedos cruzados.

Por fin Lola dejó escapar una risa forzada. Gabriel suspiro. Julián amplió la sonrisa y masticó con más fuerza.

—Muy bien, señor director, ¿de qué trata todo esto sobre una psiquiatra asesina?

Julián Porras era un excelente conversador y mejor narrador. Le gustaba oírse, así que se explayó sin omitir detalles a pesar de que ellos le señalaban la falta de tiempo.

Quién podría imaginarse semejante acto cometido por la psiquiatra Alana Paba, una mujer que destilaba dulzura. Fue esa calidez humana la que propició que fuera prodigada de gentilezas en el centro de reclusión. Con su buena actitud colaboró en la organización y dirección de una pequeña biblioteca. Daba sugerencias cuando no era el mismo director quien se las pedía sobre diversos temas, que incluían desde medidas para mejorar las condiciones carcelarias hasta consejos personales, por ejemplo, qué clase de regalos hacerle a su esposa. Más que una reclusa, parecía una huésped de honor.

Sin embargo, esa mañana encontraron los cadáveres de los guardias destajados desde la barbilla hasta la ingle y sus intestinos formando la palabra "idiotas". Nadie oyó nada. Cuando se dieron cuenta, el hecho ya estaba consumado. Resultaba inexplicable cómo hizo para amordazarlos, amarrarlos de pies y manos, siendo ella una mujer que no alcanzaba el metro setenta. Ellos superaban el metro ochenta de estatura y los noventa kilogramos de peso.

Considerables para la investigación deberían ser las revelaciones que hiciera o tuviera que hacer el Departamento de Psicología del penal. En realidad, nada valioso podrían aportar. No hubo confidencias por parte de la cautiva. Las veces que asistió cumpliendo con los requerimientos, los encargados de turno le hacían la venia y se dedicaban a nutrirse de sus conocimientos y recomendaciones psiquiátricas.

Nadie sospechaba siquiera que días antes de ser encarcelada empezó a escuchar voces. Susurros parecidos a los que muchos de sus pacientes decían que retumbaban en sus cabezas como una pérfida consciencia. Pensó que una mala pasada le jugaba su mente, puesto que nunca tuvo ningún síntoma ni antecedentes en su familia de enfermedades mentales. Siempre mantuvo un rigor intelectual que demostraba con creces más que sus capacidades, la impecable higiene y saludable vitalidad de su pensamiento.

Cuando conoció a Ricardo Batachanga no fue porque él la buscara para alguna consulta. Se debió a un accidente que él atribuyó al destino, a un deseo de Dios. Esto último no le gustó mucho. Como no volvieron a contemplar el asunto y ella no porfiaba en pensar en lo que le desagradaba, no pasó de allí. Fuera lo que fuera, por lo menos, inusual sí era.

Se movilizaba en su auto del año cuando —en contra de todo pronóstico, teniendo en cuenta que no cumplía dos meses de haber salido del concesionario—, se quedó sin frenos. Gritaba como loca por la ventanilla, que se apartaran, pues, descendiendo por una pendiente la velocidad aumentaba considerablemente y no sabía qué hacer. Ricardo, que acababa de salir de un bar y caminaba por la acera, advirtió los aprietos en los que se encontraba la mujer. Esta vez, tal vez con la lucidez que creía tener cuando se tomaba unos rones, se le prendió el bombillo. Corrió al bote de basura del bar, tomó dos botellas vacías de ron y las rompió golpeando una contra la otra. Logró su objetivo, aunque se cortó la mano, lanzó los restos de vidrio debajo del carro. La llanta trasera del lado del copiloto pisó en pleno un pico de botella. Se desprendieron ciertas astillas y algunas se le incrustaron en la pantorrilla izquierda.

Superado el susto, Alana, agradecida, se acercó a Ricardo y lo quiso recompensar por su acto heroico —aunque perdió el control del auto y fue a dar contra un poste—. A él se le ocurrió una manera muy singular de ser recompensado al enterarse de la profesión de la mujer. Una recompensa que a la doctora no le pareció muy adecuada, pero que teniendo en cuenta lo sucedido, debía siquiera contemplar.

Su argumento fue que estaba escribiendo una novela: Torre de marfil, sobre un personaje esquizofrénico y quería documentarse desde la realidad. Por lo que tenía la idea de ofrecerse de voluntario en el hospital psiquiátrico del gobierno, que ella dirigía. Fue entonces cuando comentó lo de la intervención divina en aquel extraño accidente.

•

360°

www.360grados.com

| VILLA RICA | EDICIÓN | COLONIA DEL SUR | POLÍTICA |
| JUDICIAL | MUNDO | DEPORTES | ECONOMÍA |

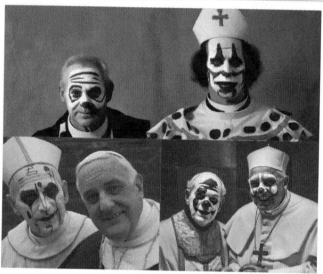

Infame ataque de Los 7 a la Iglesia

Indignación total de la comunidad católica ante las imágenes divulgadas en las redes sociales por parte del grupo terrorista de Los 7, que ridiculizan a miembros de su Iglesia. Al parecer, el grupo logró inmiscuirse en una reunión del episcopado que celebraba la visita del cardenal Juliano de Moya, y alteró los manjares y pasa bocas, drogando a más de cincuenta personas entre diáconos, presbíteros, obispos y arzobispos y hasta al mismísimo cardenal. (Sigue página 6).

CAPÍTULO 4

Por fin, luego de varias semanas intentándolo, Ricardo y Zoe podían verse. El inusual lugar para el encuentro fue en los alrededores del viejo estadio de fútbol donde anualmente las iglesias evangélicas de la costa norte del país celebraban el multitudinario culto de adoración Aviva el fuego.

Los alrededores, atiborrados de simpatizantes, vendedores y transeúntes eran el cortinaje ideal para camuflarse. Ella, una mujer de iglesia, y él, con barba postiza y peluca afro estaban lejos de despertar cualquier suspicacia. Para cualquier desprevenido no se trataba más que de una cristiana evangelizando a un impío.

—El cielo escuchó mis oraciones —le dijo Zoe a Ricardo guiñándole el ojo con picardía, controlando la emoción para no abrazarlo.

Nadie, a excepción de Débora, su hermana, sabía en ese momento de su relación con el hombre más buscado de la región, por las autoridades.

—¿Cuándo me darás un beso de verdad? De esos... como Dios manda —dijo ella arrimándosele.

—Ganas no me faltan, lo sabes. Pero por favor, no metas a Dios en esto.

— ¿En qué?

—En tus concupiscencias —dijo él conteniendo la risa.

—Nada de concupiscencias; te amo, eso es todo. —Lo miró a los ojos y sintió que una ráfaga de ternura le apretaba el pecho. Luego trató de tomarle la mano, pero él se apartó.

La confirmación ante Dios como pareja era crucial para Ricardo. Respuesta que para ella se dio desde el momento en que se conocieron.

—Vayamos a otro lado —propuso él rotando en el puesto, pendiente de cualquier cosa sospechosa.

Ella dejó que él se adelantara para cerciorarse de que no era observada por alguien de su hermandad, a la vez que vigilaba que nadie lo acechara, mientras esperaba a ser despachado por un vendedor de helados. Despejado el camino, lo siguió hasta debajo de un árbol en donde, por la cantidad de gente, serían menos visibles.

—¡Qué delicia! —exclamó ella al probar el helado, y le dio un beso.

—Mi amor, contrólate —replicó él apartándose.

La risa pícara de Zoe no se hizo esperar. Solía hacer ese tipo de cosas para ver sus reacciones.

Entre sorbos de helado y risas amorosas crecía en ella las ansias por más momentos como ese; la sensación de soledad era inevitable. Las nostalgias la escarbaban desde adentro para anidar entre sus senos. El temor de perderlo para siempre perduraba, aunque se abrazaba a su cuello. Un mundo de situaciones los separaba. La iglesia no apoyaría la unión de la hija de un reconocido pastor con un sacrílego de siete suelas como él. Cada oveja con su pareja era el lema y principio cardinal entre los suyos.

—Mi vida —le musitó ella—, ¿dónde estás viviendo ahora?

—En casa de un amigo.

—¿Por qué no me llevas contigo?

—Ya eso lo hemos hablado, Zoe. Además, tú y yo no estamos casados.

—¿Por qué no podemos vivir como marido y mujer?, pensamos casarnos.

—¡Porque no! —replicó él exaltado.

Zoe, enojada, tiró el helado en el bote de la basura y se cruzó de brazos.

—Perdóname, mi amor, perdona —se apresuró a disculparse Ricardo, suspirando al tiempo que se frotaba los ojos y la cabeza—. No quiero ponerte en peligro...

—Eso déjame decidirlo a mí.

—Mi amor, pero es que...

—¡No! A pesar de que mi papá no gusta de ti y medio mundo te persigue, yo nunca te he dado la espalda. Te he creído cuando me dices que todo es un complot en tu contra de parte de Los 7. Y aunque el periódico dice que eres un asesino en serie, yo estoy contigo. Quiero estar contigo...

Una lágrima se escapó de sus ojos y las palabras se le atrancaron en la garganta.

—Ya, mi amor, tranquila —la consoló Ricardo abrazándola—. Tienes razón. Yo... solo quiero probar mi inocencia y casarme contigo. No quiero más, te quiero a ti.

Se quedaron abrazados varios segundos sin importarles quién los pudiera ver. Ella lamentaba verlo así, agotado, huyendo sin parar. Sabía de las persecuciones de las que era objeto por parte de organismos del Estado, pero ignoraba lo que acontecía en su interior: de noche y de día oía voces reclamándole, disputándoselo, como si habitara un cuerpo ajeno. Como una avanzada de enemigos invisibles que le subían desde la boca del estómago hasta conquistar su cabeza con cánticos acusadores por haber matado a Adán y Eva. Torpes recriminaciones si se tratara solo de esa pareja, pero sentía que, con su desaparición, de la cual no aceptaba responsabilidad alguna, la vida de muchos, un pueblo entero, se hubiese esfumado.

—Fabricio Montaner tiene su mano metida en esto. No sé qué más quiere después de robar mi novela.

A unos cuantos pasos, Gabriel y Lola, con pelucas rastafari, vigilaban a la pareja. Esperaban el momento indicado para dar el zarpazo.

Zoe advirtió la insistente mirada de los agentes.

—Creo que será mejor que entremos.

Se dirigieron a la puerta de entrada más cercana.

—Él es el cantante de la agrupación —arguyó Zoe ante los porteros del evento.

El estadio estaba repleto. Las graderías no daban abasto y en la cancha de fútbol la movilización era difícil. Gabriel y Lola entraron directo a la cancha luego de que se verificaran sus identificaciones de la Fiscalía. El sol les daba de frente y debían sortear a la gente danzando al son de las alabanzas en tarima.

—¡Ahí está! —alertó Gabriel señalando unos veinte metros adelante.

Lola lo avistó rápidamente; llegar hasta él no lo sería tanto. Interrumpir la devoción de quienes con ojos cerrados parecían tocar el cielo no lucía fácil, mucho menos torear a quienes danzaban alocadamente.

Ricardo aceleró el paso ayudado por Zoe que abría camino por ser parte del equipo coordinador. La idea era alcanzar la otra puerta y salir del estadio cuánto antes.

La pareja de investigadores se dividió para evitar escapatoria alguna.

Zoe se percató de los reclamos al paso atropellado de los agentes y dio señal a un grupo de ujieres para que los interceptaran. En un santiamén, Lola y Gabriel fueron rodeados por dos grupos que entrelazaron sus manos para reprenderles demonios, maldiciones generacionales, espíritus de perturbación y otros. Pero el carné y el arma de dotación deshicieron ipso facto las cadenas humanas que los detenían.

Una nueva tonada arrancó al tiempo que ellos reemprendían la persecución. A pesar del tiempo perdido, no estaban lejos de su presa. Ricardo y su novia no pudieron avanzar debido a varias personas que convulsionaban en el piso obstruyendo el paso. Sin ninguna otra opción, corrieron hasta la escalera que conducía hacia la tarima.

La gente, desapercibida en medio del éxtasis de la alabanza, no se percataron de las parejas que subían a la plataforma. Ricardo y Zoe tampoco se dieron cuenta. Miraban atrás para localizar a sus perseguidores. Corrieron tras bastidores. A mitad de camino dieron de frente las dos parejas. Ambas titubearon. Zoe se interpuso en el camino de Lola luego de empujar a Gabriel, que cayó de bruces dentro del escenario al romper el lienzo que publicitaba el nombre del evento.

Lola sobrepasó a Zoe, la empujó y se fue tras Ricardo que se escabulló en la tarima pensando que delante de la concurrencia no podían capturarlo. Él corría, se detenía, analizaba la mejor ruta de escape, y en ningún momento la consigna auto condenatoria "tú mataste a Adán, tú mataste a Eva" dejaba de martillarle la cabeza. Cayó en cuenta de que tampoco dejaba de susurrarla al dar de frente con el público. Justo entonces, la música cambió su precipitado ritmo a una sublime tonada que levantó las manos de la multitud en un momento de adoración. Gabriel, que se restablecía del dolor en el coxis por la caída y con la peluca a medio poner, se sumó con cierta dificultad. Abajo, la gente adoraba; otros menos concentrados en el culto percibieron lo que pasaba en la tarima. A medida que aceleraba la persecución la gente empezó a grabar en sus celulares. La prisa de captores y perseguidos contrastaba con el ritmo lento de la canción. Corrían alrededor de la batería tropezando bombos y platillos. Daban vueltas en torno al guitarrista y al bajista que daban vueltas por los estrujones de la carrera. Se perdían detrás de bambalinas y regresaban con más ímpetu rodeando a la banda y los bordes de la plataforma. Los músicos no sabían si parar o seguir tocando. La gente reía como si se tratase de un espectáculo de circo. Muchos reprendían las artimañas del diablo. Ujieres con enfado santo se sumaron a la persecución. Lola se enredó en el mural que antes había roto Gabriel al caer y lo desprendió del todo precipitándose sobre el baterista y su instrumento. Dos curiales que se fueron sobre Gabriel tiraron un parlante al piso antes de derribarlo. Zoe, al esquivar uno de los tambores, se enredó y empujó al pianista que se fue de espaldas al suelo con todo y piano. Lola, perseguida por diaconisas a las órdenes de la hija del pastor, enredó al guitarrista con el cable de su guitarra y lo tumbó aparatosamente. Se detuvo la música por completo. Los micrófonos emitían zumbidos provocando la queja general con gritos endemoniados. La persecución continuó, aunque Gabriel estaba neutralizado. Lola fue capturada por una profetisa con talla y peso de luchadora de sumo, que se le tiró encima. El público estalló en una ovación de risas y aplausos.

360°

www.360grados.com

VILLA RICA · EDICIÓN · COLONIA DEL SUR · POLÍTICA
JUDICIAL · MUNDO · DEPORTES · ECONOMÍA

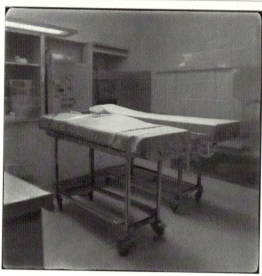

Con los muertos no se juega

Enérgico fue el pronunciamiento de los familiares de las víctimas del Puzle contra empleados de la morgue. «Con los muertos no se juega», gritaban entre lágrimas los dolientes e indignados ciudadanos en la marcha de ayer, frente a la oficina del forense, por la falta de profesionalismo y seriedad en un caso tan sensible como es la entrega de los cuerpos.

«No tienen el más mínimo sentido común», dijo la señora Oneida Ramírez en representación de los dolientes. Hasta ahora, la morgue ha entregado cinco cadáveres, todos con la misma particularidad: sin cabezas y unidos con partes de otros.

Según los familiares, en la entrega de los dos primeros se evidenció el problema, si no se hizo escándalo fue por respeto. Es inaudito que en la entrega de hace tres días reincidieran en el macabro error.

Los restos de una mujer de 1,55 de estatura, cosidos a los de un hombre de raza negra de 1,80... (Sigue página 9).

CAPÍTULO 5

Lola y Gabriel entrevistaban al padre Maldonado, único de su comunidad que aceptó hablar de lo sucedido en el caso conocido como el de los happy brownies.

Lola sacó una foto y se la mostró.

—¿Lo conoce, padre?

—Por la prensa —respondió al tiempo que se sentaba en su poltrona de cuero—. Esa fue la foto que publicaron ayer.

—¿Lo había visto antes? —Interrumpió Gabriel.

—Esa cara se me hace conocida. Tal vez lo haya visto en alguna parroquia. Ricardo Bata... Bata, Bata...

—Batachanga, señor cura —completó Lola—. Ricardo Batachanga.

—Eso. Por la prensa sé que acusó al ilustre empresario Fabricio Montaner de robarle, lo cual me parece una locura. ¿Para qué iba robarle una de esas novelas de televisión?

—Tenemos información de que usted sí conocía personalmente al señor Batachanga —objetó Lola.

El cura, con sus manos entrecruzadas, se limitaba a mirarlos.

—También sabemos que el señor Montaner y el señor Licantro Seca son personas que usted...

—Un momento. Los señores Licantro Seca y Fabricio Montaner,

en alguna ocasión habrán asistido a misa, pero no eran ni son asiduos de esta capilla. Ahora, con respecto al señor ese Bata...larga, supongo que sí. No soy bueno para recordar a tanta gente...

—Pero usted sabe qué clase de gente es...

—Yo no estoy para juzgar a los demás, señorita, eso es labor de la justicia. Tampoco la iglesia puede cerrar las puertas a nadie. Lo que sé de Batapancha es que los dejó en ridículo a ustedes dos delante de un estadio repleto de gente. ¡Imagínense!, a ustedes, los encargados de nuestra seguridad.

—¿Recuerda esto? —Gabriel le mostró otra foto.

El cura, al verla, cambió por completo, entrelazó las manos e inclinó sobre ellas el rostro entristecido. Se sobó el pecho; parecía que el cuello clerical le fastidiaba. Entonces se llevó la mano a la frente para ocultar sus ojos.

—Sé que... —empezó a decir con tono almibarado—, esta foto puede parecerles graciosa, esa y otras veinte más que se difundieron por Internet, pero esto es obra del diablo. Los 7 son hijos del diablo. —Contuvo las lágrimas antes de continuar—. Esa debió ser una ocasión maravillosa, por la visita de nuestro cardenal. Una fecha organizada con semanas de anticipación. Felices de estar reunidos en el mayor grupo hasta ese momento en torno a un hombre de Dios al cual queremos mucho. Todo transcurría de maravilla. Cantos, bromas y uno que otro vinito... de aperitivo, claro. Cuando llegó la hora de la comida nos ubicamos en cuatro mesas grandes dispuestas desde la noche anterior, sin imaginar que, de ahí en adelante, seríamos víctimas de un trago amargo. Cada mesa recibió su regalo, su ingrediente especial de parte del frente Pedro Machuca de los 7, como supimos por las notas firmadas al día siguiente en varias de las habitaciones, en el confesionario y hasta en el púlpito con inmensas letras en aerosol rojo.

La manera en que el cura manejaba las emociones hizo que los agentes se miraran desconcertados, dudando de si estaban delante del principal de la capilla central o de algún actor entrenado.

—¿Les puedo pedir un favor?

—Lo que quiera, señor cura —contestó Gabriel.

—Acompáñenme con una copita de vino, se los ruego.

—Estamos de servicio, señor Maldonado —objetó Lola.

—Hija, por favor, no es fácil para mí...

—Está bien, está bien —aceptó Lola mirando a Gabriel.

El cura Maldonado sirvió una copa a cada agente de una botella que sacó de un archivador de madera.

—¿Y usted? —Le preguntó Gabriel.

—Yo tomaré algo un poquitín más fuerte —respondió, sacando una botella miniatura de vodka de su escritorio, y que alzó para proponer un brindis—. Ahora sí...fondo blanco... ¡Salud!

Los agentes dieron cuenta del vino de un trago para no quedarse atrás del clérigo que relamía el pico de la botella.

—Mi mesa era esa —señaló con la boca la foto en su mano—. Nosotros no salimos tan mal librados. En las otras mesas molieron Viagra en cantidades alarmantes. Cinco curas hipertensos estuvieron a punto de infartar. Se salvaron, según dijo el médico, por los brownies recargados de marihuana que contrarrestaron los efectos.

Lola y Gabriel se miraron atontados por el licor.

—Tanta marihuana, que el hermano Joaquín, uno de los más viejos de nuestra hermandad, dijo que el reumatismo se le agotó desde ese día.

Los fiscales empezaron a aletargarse, los ojos se les cerraban y la figura del cura se tornó borrosa, en tanto que se burlaba de ellos y se quitaba una máscara. La lengua adormecida les entorpeció el habla y, finalmente, cayeron inconscientes, sus cabezas sobre el escritorio, desvanecidos como muñecos de trapo.

*****

—Le digo que yo no tuve nada que ver con eso, señor cura —le respondió Ricardo a Maldonado en las escalinatas que conducían a la entrada de la capilla central.

—¿Por qué dieron entonces tu nombre?

Ricardo retrocedía al borde de los escalones para evitar el manoteo del cura que se le iba encima.

—¡No lo sé, le juro que no lo sé!

—¿También juras?

La gente que pasaba por la calle tan solo oía el eco de los reclamos, en tanto que la fuerte brisa les estorbaba. Sin embargo, los gestos eran suficientes para entender que el sacerdote estaba a punto de golpearlo.

Todo derecho le cabía a Maldonado para demandar la ayuda de las autoridades, si las cosas se dieron como él dijo que se dieron un mes atrás.

Dos costillas fracturadas, el tabique torcido, los ojos hinchados y el cuerpo aporreado lo dejaron en cama como consecuencia de los golpes recibidos por parte de dos encapuchados que dijeron ir de parte de Ricardo Batachanga. Lo sacaron del confesionario delante de tres ancianas que esperaban turno para liberarse de sus pecados y le dieron como a violín prestado. Todo el tiempo no pararon de pronunciar el nombre de Ricardo.

—En el cielo hay un Dios —sentenció Maldonado empuñando la mano—Pronto pagarás.

Ricardo lo miraba sin saber qué decir. Estaba harto de ser el chivo expiatorio de cuanto pasaba.

Las llantas rechinantes de un auto los hizo voltear. Era la limusina de Licantro Seca que frenaba frente a la iglesia llamando la atención de todos. De inmediato se bajaron dos guardaespaldas que subieron rápidamente las escalinatas hasta llegar a ellos. Ante la aparente oposición de Maldonado, uno de los tipos aprisionó a Ricardo por la espalda mientras el otro le daba puñetazos en la cara abriéndole la piel del pómulo.

La golpiza se detuvo a la señal de una mano que se asomó por la ventana de la limusina. Con toda la parsimonia y el pavoneo propio de los padrinos de la mafia, emergieron Licantro Seca y Fabricio Montaner. Conversando tranquilamente, subieron los escalones hasta llegar al lugar de los hechos.

—Maldonado, ¿cómo está todo? —saludó Licantro sonriendo—. Te lo dije, y yo cumplo mis promesas.

Sin esperar respuestas del cura, Licantro alzó la mano para dar la señal a sus gorilas de que continuaran con la tunda prometida a Ricardo.

—¡Espera, espera, mira que estamos en plena calle! —intervino el cura.

—No te preocupes, será rápido —dijo Fabricio sonriendo.

Ricardo, sostenido por los brazos desde la espalda, por un escolta de casi dos metros, rogaba porque le hicieran caso al cura.

—Tú, metete a la iglesia, nosotros nos devolvemos a la limusina y en dos minutos Juanchito pirulín y el Bisagra hacen el mandao —sentenció Licantro.

Maldonado no respondió.

—¡Muchachos, que le duela! —Fue la orden de Licantro a sus hombres.

Licantro y Fabricio empezaron a bajar, y obedientes, sus escoltas arremetieron contra la humanidad de Ricardo con trompadas y patadas que lo mandaron al suelo. Viendo que la zurra se avivaba, Maldonado se dispuso a entrar y subió el último escalón cuando oyó que algo golpeaba fuertemente la limusina.

Licantro quiso reaccionar por la pedrada que golpeó la lata del automotor, pero otra le sacudió fuertemente la mano haciéndola traquear. Fabricio volteó a ver el origen del ataque y se halló con una furibunda Zoe que lanzaba piedras a diestra y siniestra, una de las cuales le dio en la frente escalabrándolo.

—¡Guarda eso! —le gritó Fabricio a Licantro al ver que sacaba su pistola; y corrió hacia el auto con la cabeza sangrando.

Licantro lo imitó, percatándose antes de entrar al carro que Maldonado rodaba por las escalinatas.

No les fue mejor a los guardaespaldas. Zoe, aprovechando que Ricardo estaba en el suelo, les tiraba a la cabeza. Una de las piedras le dio en la cara a Juanchito pirulín. Otras impactaron entre las costillas y hombros del Bisagra.

Los hombres corrieron ante el irrefrenable ataque de Zoe. La limusina salió disparada, cruzó inmediatamente a la izquierda pasando por la construcción donde Zoe se había apertrechado de rocas.

360°

www.360grados.com

VILLA RICA · EDICIÓN · COLONIA DEL SUR · POLÍTICA · JUDICIAL · MUNDO · DEPORTES · ECONOMÍA

Agentes de la burla

Como si los problemas de inseguridad en Villa Rica fuesen pocos, sus organismos de investigación y control están siendo ridiculizados ahora en las redes sociales. Este diario, por respeto a las autoridades, ha optado por no divulgar las imágenes.

En el día de ayer, los agentes de la Fiscalía Lola Fuentes y Gabriel Rojas fueron rescatados de un baño de la capilla central, donde fueron reducidos, drogados y amarrados desnudos junto a tres curas, uno de ellos el padre Teófilo Maldonado, principal de esta parroquia. Se atribuye este hecho al frente Pedro Machuca, del grupo de Los 7.

Al parecer, los agentes acudieron al sitio por motivos de trabajo y fueron engañados por un miembro del grupo terrorista que se hizo pasar por el sacerdote principal.

Fuentes de este diario nos informaron que los ministros de Dios fueron marcados con un número siete en sus frentes… (Continúa página 3).

CAPÍTULO 6

Las llantas del BMW rechinaron al cruzar la esquina. Desde el puesto del copiloto, Margarita vigilaba por si asomaban quienes los perseguían. Fabricio presionó el acelerador indiferente a la escasa luz del sector.

—Justo hoy tenías que decirle al chofer que no lo necesitábamos —le reprochó Margarita a Fabricio sin dejar de mirar hacia atrás.

Hacía dos meses que Margarita lo había abandonado desnudo en las calles de Miami en represalia por una infidelidad. Después de tanto rogar y llenarla de costosos regalos, él consiguió la reconciliación.

—¡Ahí vienen, ahí vienen! —gritó ella palmeándole el hombro.

Se desabrochó el cinturón y se arrodilló en el asiento para no perderle detalle al carro de sus perseguidores a cuadra y media y un semáforo de distancia. Fabricio, con una arriesgada maniobra, sorteó tres carros con los que estuvo a punto de colisionar.

Estaban acostumbrados a la persecución de los paparazzi. Por mucho tiempo los tuvieron agazapados en la puerta de su casa de día y de noche con la excusa de que la pareja más celebrada y querida del país no podía darse el lujo de tener vida privada.

—Ojalá fuera el Mono Vargas con su cámara quien nos persiguiera ahora —comentó Margarita.

—A ese lo mataron.

Un misterioso grupo anti-paparazzi se adjudicó el homicidio y el de tres periodistas más. Corrió el rumor de que un grupo de famosos, cansados de la persecución y los cuestionamientos sin cuartel, patrocinaron los asesinatos.

Sin embargo, Fabricio y Margarita siguieron siendo los preferidos de los medios. De nada les servía restringir información sobre sus planes o andanzas, siempre los esperaba la prensa. El mínimo detalle sobre ellos ameritaba ser de dominio público: qué comían, qué hacían, qué se ponían, cuánto ganaban, dónde vacacionaban, qué dijeron, por qué dijeron, por qué no dijeron.

Hacía ya cinco años que fue la versión criolla de una boda real europea, de la que participó la comarca en general. Televisaron los pormenores. Si no se conseguía registro fotográfico o de video lo dramatizaban. La compra de anillos, la organización de cada evento, los invitados, los posibles regalos, etcétera.

Las mujeres solteras, casadas, jóvenes y viejas exhibieron sin pudor ante las cámaras sus apetitos por el galán de galanes Fabricio Montaner: exitoso empresario, exactor, intérprete de un par de canciones de éxito continental y, desde hacía poco, también creador de historias.

Las más exigentes mujeres de la farándula y el medio artístico lo veneraban. Vedettes internacionales se rendían al poder de su presencia, cuando no era que de formas insólitas se le insinuaban. Incluso, después de casarse con la diva nacional Margarita Letré —su más grande tesoro, según sus propias palabras.

A sus pies se rindió el rating desde que debutó como la niña Magda en la telenovela La reina. Interpretaba a una mujer humilde que por azares del destino se convertiría en la ganadora del concurso nacional de belleza y, con el tiempo, en la reina del tráfico de drogas.

Su talento era indiscutible, que si no llegó a Hollywood fue porque no quiso. Dedicó sus esfuerzos en hacerse presentadora de noticias y lo consiguió con creces. Simpatía, tesón, carácter; además del garbo que exhibía, similar al de las grandes luminarias del cine harían de ella la soltera de oro, codiciada por magnates, políticos y hombres de mundo. Privilegio que, finalmente, ganó Fabricio. Ambos actuaban, cantaban y encantaban. Dos meses después de ennoviarse, se dieron el sí en la capilla central. A la boda asistió hasta el presidente de la nación. Un imperdible champú de popularidad para cuatrocientos invitados de lujo.

Tuvo dos embarazos fallidos que fueron portada de diversas revistas, amén de las infidelidades de Fabricio, cuantiosas y preferidas de la prensa hispana.

Pocos minutos después de salir de los predios de la mansión, un carro vinotinto sin placas los empezó a seguir. Al principio, él pensó que podría tratarse de una casualidad, pero unas cuadras adelante dos tipos en una moto aparecieron por una esquina, espoleando sus sospechas.

A la cuadra siguiente, en un cruce peligroso, los motorizados lograron acercarse hasta la ventanilla trasera, y el parrillero sacó una pistola esperando la oportunidad para descargar.

—¡Van a disparar! —gritó Margarita, y de los nervios movió el timón provocando que el carro zigzagueara.

Los disparos impactaron en el retrovisor y en la carrocería mientras que Fabricio intentaba restablecer el curso.

—Esto es obra de Los 7 —maldijo él con la mirada en el retrovisor.

—Te lo dije, esos miserables no amenazan en balde.

De las amenazas de muerte por parte del grupo de Los 7 ya había informado Fabricio a la prensa durante el lanzamiento de uno de sus negocios recientes. Sin embargo, las autoridades y los medios tenían sus reservas al respecto. Para los investigadores, ese no era el modus operandi de los denunciados.

Las amenazas, al parecer de fanáticos religiosos, y que tildaron de ridículas, eran por promover el Nuevo Orden Mundial y preparar el camino del anticristo.

Al comienzo, pensó que no era más que charlatanerías, pero lo que en ese momento estaba sucediendo disipaba cualquier duda: lo querían muerto.

El auto de los matones les zumbaba cerca. La moto desapareció y eso, más que aliviar les preocupó.

—¡Ahí vienen!

—¡Malditos 7! ¡Los mataré!

Gracias a un audaz movimiento que provocó el choque de dos

autos, consiguió dejar a los sicarios atrapados en el caos que se formó.

—¡Los hemos perdido! —Quiso abrazarlo, pero el cinturón de seguridad, que se había vuelto a ajustar, se lo impidió.

—¿Y si no eran ellos? ¿Y si fuera el tal Batachanga? Tú tuviste problemas con él.

—¿Ese miserable?, no lo creo, es un cobarde.

Con la misma expresión de desprecio, verificó por el retrovisor que otra vez les pisaban los talones.

—¡Que se mueran todos! —vociferó al frenar de golpe, girando para devolverse por una calle estrecha que pensó lo libraría si aparecían los de la moto.

El auto atravesó el bulevar en diagonal y le salió al encuentro embistiéndolo. Se salvaron porque logró virar a tiempo. No contó con la misma suerte al reemprender la marcha. Tropezó de lado contra una camioneta vieja y con un taxi que del impacto botó la defensa.

El taxista se sumó a la persecución vociferando con el puño en alto. En ese mismo momento, una moto salida de la nada empezó a dispararle al carro europeo.

—Mi amor, te amo... Toma —Sacó de un bolsillo un estuche con un collar.

Una bala entró por el vidrio de atrás e impactó el retrovisor interior. El estuche cayó; cuando ella se agachó para recogerlo, otro par de balas le zumbaron por encima y salieron por el panorámico.

—¡Malditos fanáticos! —gritó Fabricio al tiempo que se aventuró por la calle Murillo hacia las peligrosas inmediaciones de los viejos caños.

Margarita, sin dejar de vigilar a los motorizados, abrió la guantera para guardar el regalo y se encontró la pistola del chofer. La tomó en su mano, abrió el vidrio y, sin titubeos, disparó a la cabeza del conductor de la moto. Falló, pero les hizo perder el control. La moto se deslizó por la calle botando chispas al tiempo que el conductor rodaba por la acera. El parrillero terminó de cabeza en la vitrina de una boutique.

—¡Le di, le di! —celebró Margarita como si se tratase de un juego de feria.

Fabricio le acercó la palma de su mano para que la chocara y ella, muy sonriente, lo hizo con tal emoción que un disparo se le escapó de la pistola abollando el techo.

—¡Cuidado!

El copiloto del auto vinotinto sacó medio cuerpo por la ventanilla y abrió fuego indiscriminadamente con tan mala suerte que una bala alcanzó al chofer de un camión que se les fue encima. Por milímetros lograron esquivarlo.

—¡Los perdimos, los perdimos! —exclamó Margarita liberándose del cinturón de seguridad y abrazándolo.

—¡Mi amor...!

No alcanzó a terminar la frase.

Por culpa de una mujer que se les atravesó con una carriola, Fabricio perdió el control y el carro salió disparado tumbando la baranda del puente Mueco y cayendo al río desde una altura de casi treinta metros.

*****

Dos graves noticias de última hora comunica el noticiero WNN:

"El país está conmovido tras el accidente que sufrieron el empresario Fabricio Montaner y su esposa Margarita Letré, en las calles de la ciudad de Villa Rica.

Según testigos del hecho, todo sucedió a causa de la persecución de la que fueron víctimas por parte de sicarios que recorrieron el centro de la ciudad disparando y sembrando el terror. Al parecer, el empresario habría perdido el control del auto a la altura del puente Mueco, cayendo al río Ñeque, luego de romper las barandas de seguridad. No se ha podido hallar el cuerpo del magnate. Se especula que ha sido robado por bandas criminales. Por su parte, la señora Margarita Letré se halla en una clínica de la ciudad. Su pronóstico es reservado.

De otro lado, en las inmediaciones de Tierra Perdía, se han encontrado los cadáveres del pastor evangélico Alberto Agüero y el del prófugo de la justicia, Ricardo Batachanga, este último sospechoso de ser el Puzle, el múltiple asesino que sembró el pánico en la ciudad y sus alrededores. Las marcas en sus restos mortuorios hacen presumir a las autoridades que fueron torturados y sacrificados en un ritual satánico".

360°

www.360grados.com

VILLA RICA · EDICIÓN · COLONIA DEL SUR · POLÍTICA
JUDICIAL · MUNDO · DEPORTES · ECONOMÍA

Un funeral de mal agüero

El funeral del pastor Alberto Agüero se convirtió en un verdadero caos durante el día de ayer. Lo que empezó como un acto reverencial terminó en una serie de disturbios que la fuerza pública tuvo que sofocar con tanques, gases lacrimógenos y la captura de varias decenas de vándalos.

Cuando el río humano que acompañaba los restos mortales del reconocido pastor estaba a punto de entrar al cementerio, la aparición de una camioneta llena de hombres disparando tiros al aire y gritando arengas contra el difunto, la ceremonia se transformó en una batalla campal en la que no se distinguían bandos.

La trifulca que se prolongó por varias horas fue girando en torno al cajón tirado en mitad de la calle, en medio de bombas molotov y llantas quemadas. Hasta las once y media de la noche, no se pudo recobrar el féretro y sepultar sus restos.

«Reconocido por su don para la guerra espiritual, lo del día de ayer parece haber sido una retaliación de los demonios», comentó uno de sus discípulos. (Sigue página 3).

CAPÍTULO 7

—¿Quién cree usted que pudo atentar contra el señor Batachanga? —le preguntó la agente Lola Fuentes a una afligida y cabizbaja Zoe.

El encuentro con los fiscales en una cafetería del centro de Villa Rica se dio por iniciativa de la propia Zoe. Ahora que se habían encontrado los restos de Ricardo, quería aclarar ciertas cosas que apuntaban a su inocencia.

—Y, por favor, no venga con el argumento de que fue obra de Los 7 —le advirtió Rojas.

—¿Y, por qué no? Él les informó desde el principio. Casi a diario le llegaban anónimos con amenazas de muerte.

—Le diré por qué no —objetó Rojas sin mirarla—. Como señalan las pruebas, ellos no asesinan.

Rojas y Fuentes vigilaban a través del amplio cristal de la cafetería, el Mustang de Lola recién salido del taller.

—Una cortina de humo —completó Lola—. Una manera de despistar, él era el principal sospechoso de ser el Puzle.

—Ricardo no era capaz de matar una mosca.

—Eso cree usted. Era un sociópata.

—Eso no se ha podido probar.

—Un momento —replicó Gabriel—. Usted nos llamó para denunciar que recibió un anónimo amenazándola...

—Recibí un anónimo y se los mostré.

—¿Cree que se trata de los mismos que amenazaban a Batachanga?

—Podría ser. El mismo Ricardo me dijo más de una vez, que Los 7 estaban al servicio de mafias poderosas.

Un aire burlón se agazapaba en los rostros de los fiscales.

—Dejaron a Ricardo en la calle. Le echaron a todo el mundo en contra. Nadie sabe nada, nadie responde; las autoridades se hacen los de la oreja mocha.

—¿Quiénes cree usted que pudieron atentar contra su novio? —preguntó Lola.

—Licantro Seca.

—¿Quién más?

—El señor Fabricio Montaner. Es de conocimiento público la demanda por derechos de autor por la novela Torre de Marfil, hasta el mismo padre Maldonado.

—O su padre, el pastor Alberto Agüero.

Los distrajo la presencia de una anciana indigente —frente al cristal de la cafetería— con su nombre escrito en un cartón que le colgaba del pecho: Vicky Rebolledo, pidiéndoles entre señas que le dieran algo de comer. Ante su falta de respuesta, la anciana se arrimó a un bote de basura dispuesta a pelearse con un perro los restos de pollo de una caja de cartón.

*****

—Ricardo Batachanga, yo te bautizo en el nombre del Padre, del Hijo y del Espíritu Santo.

Ni siquiera en un rito tan solemne como aquel, el pastor demostró empatía con el novio de su hija. Lo zambulló en las aguas del lago del cisne como si fuese un trasto viejo del que hubiere que deshacerse.

—¡Papá, pero él no tiene la culpa! —Defendía Zoe a Ricardo.

A Ricardo, la tos le produjo arcadas.

—Ni se te ocurra vomitarte aquí. ¡No en mis aguas!

—Papá, no son tus aguas.

—Por eso me gusta bautizar en mi templo, ¡carajo!

—¿Y esos quiénes son? —se preguntaba la veintena de hermanos de la fe reunidos en el lago al ver llegar una camioneta negra con vidrios polarizados.

Dos tipos del barrio que trabajaban como guardias de seguridad y conocidos del pastor descendieron de ella y se dirigieron hacia él con cara de pocos amigos. No entendía de qué se trataba la extraña visita. Los hombres eran conocidos por los más viejos porque habían hecho parte de la congregación en sus comienzos.

—A usted era a quien queríamos —dijo el más corpulento; mientras el otro le cogía los brazos por la espalda—. Esta paliza es de parte de Ricardo Batachanga.

Cuatro cachetadas que tuvieron eco en el lago dejaron fuera de combate al pastor. La gente gritaba. Algunos quisieron meterse a defenderlo, acallados de inmediato por la pistola que se asomó por la ventanilla del auto.

—Y esto por haberle negado el apellido a sus hijas. —Ese golpe le hizo perder el conocimiento.

Nadie ignoraba que Agüero resentía el pasado turbio de sus hijas, principalmente el de Zoe, que, aunque alejada de las calles hacía varios años todavía no controlaba los embates de la cleptomanía.

Fue justamente Zoe quien agarró el bastón de una de las ancianas y le dio al golpeador en la cabeza dos veces, tirándolo al suelo. El fogonazo de un disparo al aire bramó desde la ventanilla. Agüero se desplomó cuando el tipo que lo sujetaba lo soltó para ayudar al secuaz.

—¡Agarra a tu amigo y lárgate! –le advirtió Zoe con el bastón en alto.

—¡Móntense, rápido! –gritó el conductor de la camioneta.

No habían alcanzado a subirse los hombres cuando el auto emprendió la marcha rechinando y botando humo.

*****

Vicky Rebolledo, la indigente que disputaba con un perro callejero los desperdicios de un bote de basura, era un distractor. Mientras los agentes se giraron a ella, una grúa de demolición le soltó su pesada bola al Mustang, convirtiéndolo en chatarra retorcida en un segundo.

Fuentes y Rojas corrieron a la puerta ante la mirada estupefacta de Zoe, pero estaba amarrada por fuera, luchando por salir. Vieron descender de la grúa a un encapuchado que subió a una moto y escapó más rápido de lo que duró su demoledor acto.

Al abandonar el lugar, Gabriel había perdido el móvil y Lola una libreta de apuntes.

360°
www.360grados.com

| VILLA RICA | EDICIÓN | COLONIA DEL SUR | POLÍTICA |
| JUDICIAL | MUNDO | DEPORTES | ECONOMÍA |

Emergencia sanitaria en Palacio

El ministro de Relaciones Exteriores calificó de insostenible el entendimiento de La Colonia del Sur con el resto del planeta, a causa del más reciente atentado de Los 7. Las imágenes de una decena de gobernantes de países del primer mundo a propósito de un funesto episodio sanitario en el palacio presidencial, podría acarrear el veto internacional.

La noche del viernes anterior se fue la luz en la Casa de Nariño, luego de la cena que brindó el presidente Yunque por la reconciliación de los pueblos del mundo. Sin embargo, el inusual hecho no fue el causante de la emergencia. El sobresalto lo causó el potente laxante en la comida, acción que se adjudicó el grupo terrorista de Los 7, generando el caos, además, al comprobarse que tampoco había agua.

Los apuros frente a los retretes de presidencia fueron grabados y transmitidos en tiempo real a plataformas que viralizaron lo que se ha calificado de "ignominia escatológica". Las medidas del gobierno… (Sigue página 3).

CAPÍTULO 8

Del cuarto de la macumba, como lo llamaban por debajo de cuerda sus matones, emergió Licantro Seca sudando a chorros y respirando entrecortado. Hedía a tabaco y ron barato. Con los ojos entrecerrados, daba la impresión de que siguiera en trance. Un estado que a sus secuaces atemorizaba y durante el cual preferían no estar cerca, pero en ocasiones no les quedaba otro remedio.

Después de seguir por años la misma rutina, todavía no se acostumbraban a que cada vez que algo dificultaba sus planes, Licantro se encerraba a invocar al mismo espíritu que guiaba a su difunto padre Choche.

Las revelaciones dadas a Licantro no eran supersticiosas o el producto de un ritual intrascendente en su labor delincuencial. Estrategias y datos claves le eran develados mientras fumaba tabacos e ingería botellas de chirrinchi como si fuera agua. De esas diabólicas sesiones salía con las respuestas para las acciones que debía llevar a cabo, con un altísimo grado de eficacia.

Sus hombres temían porque en más de una ocasión había hecho matar a algunos de ellos aduciendo que el espíritu le había revelado su traición. Ellos acusaban al invocado de querer la sangre de cualquiera y de estar enloqueciendo al patrón, quien ya empezaba a tener los comportamientos erráticos de su difunto progenitor.

Para fortuna de los cuatro, que aguardaban fuera del mencionado cuarto, las medidas apuntaban en contra de una mujer de la que no dijo el nombre y del desaparecido Ricardo Batachanga, al que todos suponían muerto.

*****

—Entonces, ¿Licantro Seca es el hijo de Choche? –le preguntó Lola a Gabriel.

—El mismo. Apunta y mata —respondió él, distraído desde la silla del copiloto mientras revisaba la prensa.

Ambos llevaban pelucas rubias cortísimas. El carro, facilitado por la Fiscalía era un Volkswagen modelo 90 que, si bien su motor había sido envenenado y rugía como si fuera de competencia, tenía serias limitaciones de velocidad y urgencias de latonería y pintura.

—Deja ese periódico —reclamó ella riendo y tumbándole el tabloide de un manotazo—. Necesito saber más sobre el tal Licantro y su padre antes de interrogarlo.

Decir que Choche había sido un ser lleno de maldad, capaz de atrocidades impensables, en ninguna manera le hacía justicia. Él fue mucho más que eso, un percusionista nato que patrocinó mucho del ambiente musical de Villa Rica; un concertista del delito que con su batuta siniestra dirigió por décadas una sinfonía perversa de múltiples movimientos: narcotráfico, guerrilla, paramilitarismo, robo, homicidio, secuestro, extorsión, tráfico de armas, trata de blancas y un heterogéneo etcétera que combinaba actos crueles y depravación con lo más pavoroso de las artes del ocultismo.

Aún cinco años después de haber sido asesinado, mencionar su nombre en algunos lugares generaba miedo, rechazo y hasta se consideraba de mala suerte. Por treinta años, su abominable mano sometió a la población al terror, a una falsa libertad. Él no aparecía en pantalla, pero era quien manipulaba todos los hilos: alcaldes, fuerzas militares, policías y demás. La gente le atribuía una cierta omnipresencia que él mismo fomentó con un lema de su cosecha: "el ojo de Choche recorre Villa Rica, no hagas nada contra él que después se desquita". Nadie se atrevía siquiera a comentar lo que pasaba. Nadie quería enfrentarse a su mirada. Si por algún motivo, alguien que no fuese del círculo de empleados era llamado a comparecer ante su presencia, había una alta probabilidad de salir de esa reunión con los pies por delante y un tiro en la frente. Burlarse de Dios y atacar a los creyentes era su credo. El sexo era su arte, se preciaba de semental y de preñar a las más bellas mujeres. Con 1,93 de estatura, robusto y finas facciones parecía un jugador de la NBA. Proclamaba ser un rey africano y vestía finos y coloridos atuendos: sombreros, turbantes, collares, túnicas de colores y hasta báculo. Era propietario de treinta prostíbulos y un número mayor de moteles regados en los siete departamentos de la costa norte colonial. Pero por lo que realmente se le reconoció, incluso más allá de las fronteras nacionales, fue la brujería.

Un médium respetado por lo acertado de sus predicciones y lo letal de sus encantamientos. Era visitado por mandatarios, dirigentes deportivos, mafiosos, reinas de belleza y del carnaval, presentadores de televisión, intelectuales y la farándula internacional.

Después de su muerte, le prendían velas como si fuera un santo. Sus devotos eran incontables. Pedían su intervención para el éxito de un negocio de drogas, de un asesinato, un robo, ganarse la lotería, conseguir marido, sanar enfermedades, quedarse con la mujer de otro, y un largo y blasfemo etcétera.

—Puras tonterías —se burló Lola desacomodando la peluca de Gabriel.

—Usted verá si me cree, Fuentes. Eso sí, a donde vamos mire lo que dice y cómo lo dice. Esa no es la capilla central ni él es el cura Maldonado.

—¡Ah, ya!

—No sea tan confianzuda, Fuentes.

—Cuéntame más del tal Choche y su hijo.

El fervor por Choche trajo el lamento de sus seguidores cuando murió. Aunque sabían que el llamado a sustituirle era su hijo Licantro, dudaban si este tendría el talante suficiente para doblegar al mundo del hampa sin importar que fueran ratas de alcantarilla o de cuello blanco instaladas en el gobierno.

En corto tiempo las dudas se disiparon... tan abominable el hijo como el padre.

Hoy era Licantro el encargado de traer los mensajes del más allá. Igual que su progenitor era poseído por fuerzas sobrenaturales, espíritus demoniacos que lo guiaban en su labor delictiva y lo cuidaban de los ataques de sus enemigos.

—¡Mira, ahí está! –anunció Lola señalando a Licantro y a otros tres que subían a una limusina negra.

*****

—"Puche, ya sabes, no quiero errores —le recordó Licantro al sicario.

—Tranquilo, jefe; todo va a salí bien —respondió Puche persignándose; y desvió la atención apurando al conductor—. Pilas Sangre e' yuca, ¡vamos saliendo!

El conductor frunció la boca con un resoplido y le hizo pistola.

—¡Apure hombre, que es pa' hoy! —insistió Licantro.

Diez metros después de arrancar, el Volkswagen, conducido por Lola, se les atravesó obligándolos a detenerse. De inmediato, Puche y el copiloto sacaron sus armas, pero fueron neutralizados por la credencial de la Fiscalía.

—¿Qué querrán estos imbéciles? —se preguntó Licantro sin alterarse.

—Jefe, si quiere los incendiamos a tiros.

—No seas estúpido, Buitre —lo reprendió Licantro.

Lola bajó del auto y se fue directo a la ventanilla de la parte de atrás.

Cuando Puche bajó el vidrio se dio de frente con su cara.

—¿Qué quieren? —se anticipó Licantro sin inmutarse.

—Hablar con usted —respondió Lola en el mismo tono retador.

—¿De qué?

—De los sicarios ayer en la Circunvalar —respondió Gabriel buscándole la cara.

—¿Y eso qué tiene que ver conmigo?

—Pues, que trabajaban para usted.

—Puche, déjalos entrar.

El hombre de confianza de Licantro abrió la puerta de mala gana.

—¡Vaya, cuánto lujo! —celebró Lola con ironía.

—Fruto del trabajo. Ustedes, por más que trabajen, no podrán tener una de estas.

Fuentes y Rojas se miraron, manteniendo la calma ante las burlas de los otros.

—No perdamos más tiempo —dijo Lola—. ¿Trabajaban el Lápida, el Retrete, Boca e' chupo y el Chancleta, para usted?

—Sí, claro. Trabajos de jardinería y limpieza en la casa. Nunca supe que fueran...

—¿Sicarios, delincuentes? -Inquirió Gabriel completando la frase.

—No, señor agente, no se puede hablar así de los muertos.

—Y de Los 7, que se rumora usted patrocina, ¿qué nos puede decir? -insistió Gabriel.

»O del pastor Agüero, o del desaparecido Ricardo Batachanga, con quienes usted tuvo varios altercados, de conocimiento público.

Los interrumpió un camión de mudanzas que se les estacionó detrás tropezándolos.

—¿Qué pasa Sangre e' yuca?

—Nos chocó un camión, jefe —respondió el conductor; al tiempo que los seguros de las puertas se activaron confinándolos.

No podían salir del carro ni el carro podía moverse porque del otro lado estaba el Volkswagen de la Fiscalía.

—¡Hagan algo! —Ordenó Licantro.

Lola y Gabriel miraban a todos lados sin entender qué pasaba.

—No podemos salir jefe, se atrancaron las puertas.

En ese momento, dos hombres bajaron del camión, con máscaras y una especie de extintores de fuego que apuntaron a la limusina rociándola con pintura amarilla.

Desde afuera se veía la reacción enfurecida de Licantro gritándoles a sus hombres que hicieran algo; ellos, aturdidos golpeaban las puertas y ventanas lanzando amenazas. Al minuto las ventanillas veteadas del color del sol no permitían ver para dentro o para afuera.

Cuando se desactivaron los seguros, pudieron salir los secuaces de Licantro y los fiscales, pero ya no estaba el camión. La limusina echada a perder y el Volkswagen estrenando color eran obra de los terroristas que se adjudicaron el hecho con un número 7 sobre una de las puertas de la limusina.

360°

www.360grados.com

| VILLA RICA | EDICIÓN | COLONIA DEL SUR | POLÍTICA |
| JUDICIAL | MUNDO | DEPORTES | ECONOMÍA |

Secuestran a una exconvicta a plena luz del día

Zoe de la Cruz, hija del recientemente asesinado pastor evangélico Alberto Agüero, fue secuestrada ayer en horas de la tarde en pleno centro de la ciudad. Según algunos testigos, hombres encapuchados que se movilizaban en una camioneta lograron someterla, luego de un corto pero ruidoso forcejeo y después de suministrarle un alcaloide que le produjo la pérdida de conciencia. Las placas del automotor y los rasgos físicos de los captores son motivo de investigación por parte de las autoridades.

La víctima es recordada por el revuelo que causó la negativa del pastor Agüero de aceptar que fuera su padre. Paternidad que no pudo seguir negando tras las pruebas de exámenes realizadas que le exigió un juez de familia. De la Cruz se ganó el respeto de la comunidad por su reinserción a la sociedad, después de varias acusaciones por ejercer como sicaria y por pagar una condena en el reclusorio de El Buen Pastor por robo de bancos a mano armada, estafa y abigeato.

La joven se desempeñaba como servidora en la iglesia El Manicomio de la Fe que lideraba su extinto padre. «Hoy su comportamiento es ejemplar, lo único reprochable es su relación con Ricardo Batachanga, prófugo de la justicia», aseguró un miembro de la congregación. (Sigue página 6).

CAPÍTULO 9

—¡Échale el agua! —ordenó Licantro a Mico lindo, uno de sus esbirros de confianza.

El baldado de agua fría hizo reaccionar a Zoe, amarrada a una silla. Los párpados le pesaban, la cabeza le bamboleaba como si estuviera a punto de desmayarse. Licantro dio un paso y le propinó dos bofetones secos que por poco la tumban con todo y silla. Con dificultad abrió los ojos, batallando con sus parpados tratando de identificar de qué se trataba todo aquello.

—¡Habla, perra! ¿Dónde está Batachanga?

A pesar de los golpes y el agua fría, Zoe seguía bajo los efectos de la escopolamina.

—¡Patrón! -exclamó Mico lindo—. El Chirrete está en la puerta, quiere decirle algo.

La puerta de madera de quince centímetros de grosor estaba recubierta de un metal lustroso al igual que todo el sótano. Tenía un portillo en la parte superior a través del cual se vigilaba a los secuestrados. El limbo, como le llamaban, era para Licantro uno de sus lugares favoritos. Le encantaba oír huesos traquear, la sangre, los golpes, los alaridos pidiendo clemencia ante sus crueles métodos de tortura. Solo tres de sus hombres estaban autorizados para entrar: Mico lindo, Peseta y Chirrete. Cualquier otro que entrara ahí no volvía a salir. Dos compartimentos más daban cuenta de los visitantes. El primero era un foso de ácido resguardado por otra puerta, en el que se depositaban los cadáveres; el segundo, una jaula encerrada con vidrio de seguridad donde una pareja de leones africanos divertía al dueño de las mazmorras devorando a los enemigos.

Con un movimiento de cabeza, dio vía libre a Mico lindo para que dejase entrar al Chirrete.

—¡Jefe, lo están buscando!

—¡Habla, Chirrete! ¡Más vale que sea algo importante!

—Jefe, es la señora que usted estaba esperando, Rebeca Camping.

Farfulló algo de satisfacción. Volvió a mirar a Zoe que no podía levantar cabeza y la escupió.

—Mico lindo, ¿dónde está lo que le encontraron?

El malhechor le entregó un celular y un cuaderno de apuntes.

—Jefe, hay que desbloquear el celular, pero la libreta de apuntes parece ser de la policía.

Licantro ojeó el cuaderno de apuntes y se le agrandaron los ojos.

—Llévale el celular a Chipeto para que lo investigue —ordenó, dirigiéndose a la puerta—. No les den de comer a los gatos, los quiero hambrientos.

*****

Rebeca Camping esperaba por Licantro repantigada sobre el largo y mullido mueble color plomo en forma de ele en el centro del salón. Lucía como la dueña de casa, con la cabeza reposando de medio lado sobre el triángulo formado por su brazo derecho, las piernas rectas y juntas y los altos tacones ligeramente por fuera del mueble. La habitación finamente decorada resplandecía de belleza. Rebeca, o la Sibila como la conocían en el mundo de la hechicería, descorrió las cortinas para que la luz del sol despercudiera las malas energías. Tenía la cabeza cubierta con un turbante africano matizado de los azules y dorados del caftán marroquí que le llegaba a los tobillos. El collar de tres vueltas y los zarcillos dorados afinaban sus rasgos negroides. Sin ser bella, ejercía una potente atracción.

La puerta se abrió frente a ella dando paso a la espigada figura de Licantro, con la mano en los ojos para protegerse de la claridad.

La Sibila no se inmutó, permaneció estirada sobre el sofá esperando que él se acercara.

—No me esperaba esto —dijo Licantro deteniéndose a un paso del mueble, dimensionando a la visitante.

Ella le ofreció la mano para que la ayudara a incorporarse. Él dudó un par de segundos, pero al enfrentar su mirada accedió sin reserva, subyugado por el fuego que, literalmente, le encendía las pupilas.

—¿Qué es lo que no te esperabas? —le preguntó Rebeca clavándole la mirada.

—Esta visita... sorpresiva —respondió apartando los ojos.

—Me necesitas, por eso estoy aquí.

—¿Cómo lo sabes? —preguntó, sentándose e invitándola a hacer lo mismo.

Se sentó en el mismo lugar, buscando su mirada sin espabilar.

—Mis mensajeros me lo dijeron. Estás siendo afectado en tus sueños.

—¿Yo?

—Sí, tú. El gran Licantro Seca, el hijo de Choche; a ti también te puede pasar. Esto es guerra, mijo. No lo olvides. Por eso estoy aquí, para salvarte.

Licantro se levantó de un estirón queriendo disimular su preocupación. Era cierto lo que le decía, pero admitir debilidades no era su estilo.

—Tu padre también tuvo sus momentos.

Las palabras de Rebeca lo sorprendieron. Quiso defender la memoria de su padre, pero calló. La miró inquisitivo. Que el legendario Choche tuviera momentos de crisis podría aliviar el enorme peso que sentía sobre sus hombros.

—Eres muy joven para saberlo.

—Pero mis mensajeros no.

Él se quedó estático, ¿qué tenía aquella mujer que lo sugestionaba de esa manera? Él, que era temido por todos, no sabía cómo responderle a esta mujer, que veía en persona por primera vez.

—No me conoces, es cierto. Sin embargo, mis mensajeros conocieron a tu padre y te conocen a ti desde siempre. Si te dejas guiar...

—¡Guiar!, ¿quién, yo?

—¡Sí, tú! No te lo repetiré —le replicó alargando la boca, confrontándolo con una tenebrosidad que solo reconoció alguna vez en la mirada de su padre—. El enemigo te está perturbando en tu territorio más íntimo, tu principal arma y escudo hasta ahora: los sueños.

A Licantro se le congeló la mirada. ¿Cómo era posible que ella lo supiera? No lo sabía nadie. Por más que le hacía ofrendas a su dios, que le había obedecido haciendo lo que le pedía, nada funcionaba. Era tan fuerte su ataque que había perdido contacto con su espíritu guía.

—El enemigo te ha debilitado, sabe de tus flaquezas y se dispone a destruirte. Pero no digo más; me voy. —Rebeca Camping se incorporó y, sin dar ocasión a más remilgos, caminó hacia la puerta de salida.

—Espera —pronunció Licantro con dificultad.

Ella se detuvo y giró con una mano en la cintura, sabiéndose dueña de la situación.

—¿Esperar, qué?

—¿Qué quiere decir con que me deje guiar?

—Pues eso, que tendrás que dejarte llevar por mí.

—Pero, yo... —protestó Licantro apretándose la cara de arriba abajo con la mano izquierda.

—¡Ah, no! –respondió ella decidida a salir.

—Está bien, está bien; ¿qué debo hacer?

La Sibila relajó sus facciones y caminó lentamente hacia él.

—Para empezar, decirme qué es lo que afecta tus sueños.

—Pensé que tú lo sabías.

—Y lo sé. ¿Y sabes qué?, me voy a adelantar un poco; ese que tú crees tu amigo, no lo es.

Esas palabras retumbaron en su cabeza.

—Te refieres a...

—Sí, a quien dice ser el autor de Torre de Marfil. Pregúntate por qué te enfrentas a sus desafíos en tus sueños. Eso sin contar que tiene material importante que puede destruirte. —Rebeca cerró los ojos, tanteando en lo invisible—. Sí, deberás encontrar dos libros —sentenció con un estremecimiento.

Licantro también se estremeció. Era cierto lo que aquella mujer le revelaba. De unos días para acá, sus sueños se le habían convertido en un juego mortal, una especie de desafío virtual. Podría jurar, incluso, que había soñado con la Sibila sin conocerla y había vivido aquel momento.

—Y, segundo —retomó ella con autoridad—, un sacrificio. Necesitamos un sacrificio.

Licantro apartó la mirada y le dio la espalda, caminó lentamente sobándose la barba con una mano y con la otra en el bolsillo del pantalón, valorando la propuesta. Cuando volteó hacia ella, ya estaba resuelto.

—Lo tengo, tengo el sacrificio.
—¿Es el indicado?
— Lo es... Es la indicada.
—Quiero verla. ¿Dónde está?

360°

www.360grados.com

VILLA RICA · EDICIÓN · COLONIA DEL SUR · POLÍTICA · JUDICIAL · MUNDO · DEPORTES · ECONOMÍA

Complot hacker

El G-8 alerta ante lo que consideran sería la peor amenaza de la que se haya tenido conocimiento hasta ahora, con la unificación de hackers de todo el mundo». La noticia la dio Hamilton Star, portavoz del grupo. Alerta por los ataques que se vienen dando hace semanas y por los que se avecinan, lo que pondría en riesgo la seguridad del planeta.

El mensaje se dirige puntualmente a La Colonia del Sur, pues se le atribuye al frente Pedro Machuca, de Los 7 la responsabilidad de esta convocatoria para la unificación de piratas informáticos. «Los ataques pueden ser de cualquier orden. Ninguna nación está exenta, por eso las acciones para erradicar ese cónclave perverso deben ser inmediatas», ha enfatizado el embajador norteamericano John Cyrus, quien añadió que, ante la incapacidad armamentística y tecnológica colonial, el gobierno estadounidense estaría dispuesto a prestar dichas ayudas y a comandar las acciones. (Sigue página 7).

CAPÍTULO 10

En la tarde de aquel día, Ricardo consiguió librarse de los asesinos a sueldo, en un carro robado, y disfrazado de mujer. Aunque mafia, guerrilla, paramilitares y gobierno apostaban por su cabeza, él sabía de dónde venía el ataque. La noche anterior había recibido un mensaje anónimo citándolo para intercambiar a Zoe por dinero: una trampa de la que escapó de milagro. De nada le sirvió el atuendo femenino y la peluca para despistar, lo reconocieron, incluso antes de llegar.

Se encontraba en la mansión de Licantro, en una misión impensable para un tipo como él. Se deslizaba entre las sombras de los pasillos buscando la alcoba del dueño con la idea de aplicarle cloroformo, dejarle una nota apropiándose del hecho y apresurarse al sótano a rescatar a la mujer de su vida.

Encontrar la habitación no fue difícil, era la única en el segundo piso. Entró cuidando de no tropezar con el desorden en el piso hasta arrimarse al pie de la cama. Sacó el pañuelo empapado con el líquido y cuando estaba a punto de estrujárselo en la nariz, Licantro espernancó los ojos.

—¡Maldito, yo sabía que vendrías!

Antes de terminar la frase, ya Ricardo se encontraba en la puerta de la habitación.

—¡Puche, suelta los perros!

Al bajar las escaleras, luces se encendieron y gritos se escucharon. Pasó por encima de Puche sin problemas, sin embargo, tropezó con uno de los perros.

Recuperado del traspié, alcanzó la salida y corrió hasta detrás de unos arbustos en los que había ocultado una motocicleta. Los hombres de Licantro apenas se alistaban, cuando él, dominando la moto encabritada en una sola rueda, se alejó dejando una estela de humo. La meta era cruzar la calle de El tobogán y llegar a la circunvalar antes de que salieran tras él. No les sería fácil. Había pinchado los neumáticos a dos carros y tres motos apostadas al frente de la mansión.

Pero no fue la única previsión que tuvo. Cuando aparecieron sus perseguidores, él conducía un Mazda gris, y no estaba solo. Tres motorizados de la patota de los Migraña los recibieron a plomo, convirtiendo la concurrida vía en una pista de caza.

Los Migraña eran una de las bandas emergentes del narcotráfico que, además de pretender adueñarse del territorio, querían cobrarse la baja reciente de algunos de sus muchachos. Por eso, Ricardo acordó con ellos sacar a la gente de Licantro de su cueva y ponérselos en bandeja de plata, a cambio de protección y un carro.

La noche oscura se prendía con los fogonazos de metralla. Los carros abrían paso para escapar de las balas. Se propagaba el caos y él era la presa que debía hacerle el quite a los que insistían en su cabeza, sin estorbar a los otros. A cada segundo se intensificaba el tiroteo con armas de largo alcance, empeorando el panorama al sumarse una patrulla de la policía con tres uniformados a bordo.

Las balas salían de todas partes. Los policías disparaban a los dos bandos motorizados que transitaban a ambos lados de la carretera. El Mazda patinaba de un lado a otro. Ya no cabían acuerdos o protección alguna, cada uno respondía por su pellejo.

Ricardo Frenó en seco y el Mazda dio media vuelta chirreando. Atravesó el separador y avanzó sorteando camiones de carga que también le servían de escudo. A doscientos metros avistó la patrulla con el capó del coche levantado por donde salía humo. Aceleró al pasar por su lado, pero no le dispararon.

Por un momento cesaron los disparos y el silencio fue peor. No saber por dónde podían aparecer aumentaba su ansiedad. A lo largo de la vía, un reguero de autos chocados y otros arrinconados evitaban la persecución. Tras él se fueron los Migraña y tras ellos, los demás. Se reinició el tiroteo y una de las balas le atinó al tanque de gasolina de la patrulla, provocando una explosión que lanzó una llanta y dos puertas a más de veinte metros.

Ricardo se sobrepuso al temor paralizante con un grito y se sitúo entre dos camiones evitando sorpresas. No pasó un minuto cuando el camión de la derecha se le fue encima, le habían disparado al chofer en la cabeza para sacarlo del camino. Como atraído por un imán, se fue contra el otro provocando un choque múltiple. Los autos se iban uno contra otro obstruyendo la vía. Los dos grupos de motorizados quedaron casi que de frente. Los Migraña hirieron a uno de los contrarios, que junto a su compañero dieron contra una baranda y luego al suelo. Se levantarían nuevamente, pero lanzados por los aires con la explosión de una granada.

*****

La patrulla conducida por Geranio González, transportaba a los agentes de la Fiscalía Gabriel Rojas y Lola Fuentes, en un sosegado paseo dominical.

El auto de los fiscales fue saboteado y quedó prácticamente inservible en plena vía, por lo que el agente González se ofreció a llevarlos.

—Tranquila, agente Fuentes, la grúa recogerá su auto —le dijo sonriendo.

Lola, no respondió.

—¿Qué es ese ruido? —preguntó Gabriel incorporándose con el índice en alto.

—Yo no oigo nada —respondió el conductor.

Pero su tranquilidad se evaporó. Poco faltó para que chocaran con el Mazda conducido por Ricardo, que intentaba escapar de la refriega por la vía en la que ellos se asomaban a la avenida circunvalar. Aturdidos por el encontronazo y por el tableteo de ametralladoras, lo vieron retomar el rumbo dando tumbos de un lado al otro.

Geranio le ordenó hacer silencio a sus acompañantes, mientras calculaba qué hacer ante la balacera que se les aproximaba.

Tomó la radio para avisar a la Central.

—¡Muévase, nos van a dar! —exclamó Lola.

El agente González se aturdió al querer sacar su revólver para responder al fuego cruzado.

—¡Regrese, hombre, regrese! —le gritó Gabriel.

Pero ya era demasiado tarde. Cuando González quiso, ya la suerte estaba echada. Una ráfaga le atravesó el cuello y la cabeza le cayó en el pecho guindando por una delgada capa de tejido a ambos lados. Una gelatinosa masa de sanguaza y tegumento impregnó el vidrio alrededor del boquete que dejaron las balas, de las que por milímetros se salvaron los agentes.

Todo pasó tan rápido que no hubo tiempo para el desconcierto. La patrulla se apagó descolgándose hacia atrás por la pronunciada pendiente. Lola se incorporó por encima de la silla del conductor, cuyo cadáver cayó de lado en la silla del copiloto borboteando la vida por el hueco del cuello. Se apoderó del timón para impedir salirse del camino. Los pies del agente González aprisionaban los pedales. La solución era montarse por encima de su cuerpo para tener acceso al freno. Así lo hizo, o al menos, lo intentó. Pero uno de sus pies se enganchó en el orificio de lo que quedaba de cuello y en el desespero por sacarlo desprendió la cabeza tirándola al piso del carro con los ojos abiertos en dirección a ella. Finalmente, lo que detuvo al carro fue un árbol que por efecto del impacto le depositó la cabeza en las piernas. De inmediato fueron rodeados por una muchedumbre, a razón de la cabeza del policía que ejercía una atracción irresistible.

—¡Déjennos salir, déjennos salir! —gritaban Lola y Gabriel acorralados por el tumulto, luego de reportar por radio los hechos a la central.

De nada de esto tendría noticias Ricardo, que después de librar tantos escollos no se acordó de lo que había pasado esa noche, y se secó el sudor de la cara con el pañuelo. En el Mazda hallaron las huellas, pero de su cuerpo ataviado con un traje de mujer a la rodilla, ni rastro.

360°

www.360grados.com

VILLA RICA EDICIÓN COLONIA DEL SUR POLÍTICA
JUDICIAL MUNDO DEPORTES ECONOMÍA

¿Un juego del diablo?

Gran preocupación han manifestado padres de familia, grupos cristianos y algunos gobiernos por el juego de video La guerra soñada, cuyo atractivo nombre, al parecer, es una trampa con oscuras intenciones. Según el informe de organismos especializados, por miles se cuentan ya los afectados por el tenebroso contenido de este juego que afecta los sueños.

La guerra soñada se puede descargar gratuitamente en muchas plataformas de Internet, oferta imposible de rechazar para los amantes de este tipo de entretenimiento, siempre a la caza de nuevos retos. A diferencia de los demás juegos que están en el mercado, este no necesita de actualizaciones. Queda instalado en la mente y se activa al dormir. El trasfondo se basa en una pesadilla con terroríficos niveles que anulan el buen descanso y que a más de uno ha conducido al manicomio y, en el peor de los casos, hasta el cementerio.

«No es un juego al que accedes, él accede a ti», palabras textuales del magnate de los juegos de video Mr Joy Mc Natte. (Sigue página 6).

CAPÍTULO 11

En el suelo de una habitación estrecha, yacía Ricardo con un vestido de mujer, encadenado a la pared. Un foco de luz deficiente en el centro del techo dejaba ver la sangre seca chorreada en su cuello por una herida producida en la cabeza. Estaba sucio, tenía raspones en los codos y los brazos magullados. De repente, un estremecimiento le espernancó los ojos.

—¿Dónde estoy? —reclamó con voz adolorida. Una ola de pánico le aprisionó la respiración—. ¡Zoe! —Profirió el nombre como un quejido—. Debo salir y buscarla, debo salir y buscarla —farfullaba al tiempo que se ponía de pie. Sentía como si lo hubiese arrollado un camión. Las palpitaciones martillaban sus sienes.

Ya de pie, con las manos en las rodillas y sin dejar de repetir la misma frase, examinaba el sitio. Se concentró en la selva del papel de colgadura que recubría los muros, buscando fisuras que delataran los bordes de la entrada.

—¡Ayuda, auxilio! —clamó varias veces. Las cadenas cortas le impedían tantear las paredes.

Un pañuelo tirado en el piso le recordó vagamente cómo había llegado hasta allí. Pensó en Licantro y Fabricio; entendió que, si no escapaba, pronto moriría. La luz de una grieta entre los árboles de papel le rebotó en los ojos distinguiendo los contornos de una puerta.

Una centella impactó su mente por un segundo. Al apagarse quedó en total oscuridad, como si perdiera el conocimiento. No era la primera vez que le pasaba. Mientras las tinieblas le aprisionan la consciencia, en su cabeza rebotan voces, gritos, discusiones, choques de espadas, disparos de pistolas, conjuros, maldiciones. El trance apagaba su entendimiento en situaciones de intenso estrés y, extrañamente, al recobrarse le había dado solución a lo que parecía imposible de resolver. Esa vez, se había liberado de las cadenas y la puerta camuflada por el papel de colgadura dejó de ser un misterio.

Detrás de ese pórtico la luz disminuía en un largo túnel. Tres bombillas instaladas cada diez metros una de la otra, encerradas en canastillas metálicas alumbraban sobre puertas idénticas. La tercera conducía a un cuarto que en el fondo tenía una escalera de cuerda amarrada a las barandas de un piso superior. Al lado de la escalera sobresalía un sillón viejo alumbrado por un foco incrustado a la pared. Una bandera blanca, justo al frente del sillón, enarbolaba en su centro una emblemática mandíbula batiente.

En el piso superior continuaba la oscuridad por un corredor de veinte metros de largo, al final del cual se encontraba otra puerta. Tras ella, un salón dividido en siete zonas.

—¡Malditos siete! —exclamó Ricardo irrumpiendo repentinamente en la habitación.

Jadeaba sudoroso con las manos en las rodillas, estupefacto ante lo que veía.

»Es peor de lo que pensé, estoy en la guarida de... —Detuvo sus pensamientos en voz alta atrapado por la curiosidad.

Corroboró que estaba en el cuarto de comando de Los 7 al fijar su mirada en un mapa dibujado en una pared bajo el título de La cueva. Quinientos metros cuadrados de los restos subterráneos de un antiguo monasterio a las afueras de la ciudad, derribado veinte años atrás.

Producto del reciclaje cibernético, la cueva era un amasijo de aparatos de variada tecnología, empalmando el más eficaz centro de espionaje del mundo. A primera vista, los ensamblajes hechizos daban la impresión de estar obsoletos. El triperío a la vista de pantallas y computadores disimulaba una sofisticada plataforma electrónica robustecida con la informática de última generación.

Al final del salón, una serie de pantallas en la pared del fondo proyectaban en tiempo real lo que necesitaban de dentro y fuera del país. La privacidad del mundo a un clic de estos discípulos de Maquiavelo que obraban como una sola mano. Un músculo que se abría o cerraba, se recogía, tiraba o apretaba a voluntad.

—Las huestes del comediante —leyó Ricardo en una de las paredes, y se dejó atrapar por otros lemas de apechugado tufillo religioso.

Consideró con recelo si esa patota de desadaptados se creía ungida por alguna suerte de dios Momo para colapsar a la humanidad en un cataclismo de ridículos.

El cubículo que halló en la primera zona resaltaba el nombre de Samuel Díaz con letras en papel maché sobre una cartelera de gamuza. No faltaba que lo escribiera en las paredes, estaba satisfecho con su físico. Cundían fotos suyas sobre el tablón de madera que lo separaba del resto en diversos tamaños y otras enmarcadas sobre la mesa. El summum era una foto suya en tamaño afiche con los brazos cruzados y una sonrisa de protagonista de película. Bordeaban a su vez el afiche las fotos de unas treinta hermosas mujeres. Entre ellas, ocupando un círculo central, un retrato de la agente Lola Fuentes.

Sus intereses se apiñaban en libros de diversos idiomas en las esquinas, sobre y debajo de un escritorio metálico y de una mesa de arquitectura. Cámaras y micrófonos, relojes, explosivos, armamentos, videos y películas sobre la mecánica de los sueños, juegos de videos y revistas de Mecánica Popular.

El nombre de la siguiente oficina le correspondía a René Mignon. Encerrada en acrílico azul que simulaba el enchape de un baño, se delataban recortes de prensa del susodicho en concursos de cocina o en plena faena culinaria. Cuatro posters de actrices famosas desnudas en la pared contigua, entre las cuales se escondían varias fotografías de Mignon preparando muertos en la morgue, disfrazado con dispares atuendos o bailando en bares de mala muerte.

Además de un computador personal, sus herramientas eran pocas y todas hablaban de libertinaje: revistas de desnudos, películas pornográficas, botellas de ron vacías o a medio terminar, una colección de pipas hechizas, colillas de cigarrillos, restos de marihuana y sospechosas bolsitas vacías circundaban un equipo de sonido con una calcomanía en letras rojas y negras en la parte superior: salsa dura con el fondo de varios cantantes de la Fania entre los que resaltaba la figura de Héctor Lavoe.

Seguía la guarida de Pedro Machuca en la que había un claro mensaje de rechazo a la iglesia y a todo lo que ella conllevaba. "Dios ha muerto", era la máxima que destacaba en la parte superior de la pared frente a la entrada. El resto eran de grafitis con aerosol rojo con frases de Nietzsche, Darwin, Freud, Marx, Stephen Hawking, entre otros. Sobre un escritorio rústico de madera sin curtir, se distinguían las esculturas en miniatura de una decena de cazadores sosteniendo las cabezas de representantes de la iglesia y deidades de otras religiones.

El siguiente refugio reproducía una caverna por dentro y por fuera. Una mezcla de cartones de corcho y masillas con arena y piedra remedaban las paredes de una gruta. Adentro, el nombre de Adriana Papadopolous tallado en un tabique de madera del que parecía fluía sangre. Dedujo que era sorda por el poster central con el sistema de señas internacional. Abundaban imágenes y libros prolijamente dispuestos que daban testimonio de una tenaz animadversión contra las instituciones. Una horca pendía del techo detrás de la cual, simulando pinturas rupestres sobre rocas, se distinguían aves enormes que perseguían a tribales figuras de autoridad. Repartidos en las cuatro esquinas, una veintena de retratos exhibían los escombros de imperios del pasado y la debacle de las potencias del mundo actual.

La sirena de una patrulla le agitó a Ricardo las pupilas de un lado a otro ubicando el sonido, hasta que se dejó de oír.

En el siguiente cubículo, complejos ejercicios de cálculo, física y química escritos en paredes y en el piso daban cuenta de la obsesión de Diego Milano. La pulcritud del trazo y los concluyentes resultados matemáticos le aportaban rasgos a su personalidad. Una foto suya en tamaño natural como un hombre binario repleto de ceros y unos alumbraba desde el techo con luces de neón. Aficionado a la fotografía; angustiado por múltiples alergias a deducir por los numerosos dispositivos de adrenalina autoinyectable. Y admirador sin par de Margarita Letré, de la que tenía un collage de sus mejores recortes de prensa.

Se descubrió Ricardo entre los objetivos de Luciano Bobadilla. Una foto suya era el centro de un tiro al blanco en la mitad de su oficina acoplada por espejos. Enemigo gratuito al que suponía de raza aria por la obsesiva proclamación de superioridad racial, esvásticas, símbolos y consignas anti judaicas. Lo decantaba Ricardo como un cliché neonazi, cuya afición al fisicoculturismo rayaba en la veneración, con un tótem de tres metros del sistema muscular que parecía real. Lo que lo regresó a sus prioridades, fue la fotografía en primer plano de la cara de Zoe sobre aquel tótem.

La más intrigante fue la de María Fleming. De ella abundaban imágenes en las paredes con diferentes atuendos y nombres: Yaritza del Sorte, Rebeca Camping, la Jefa, Ludovica Macherano y la Mona Potter, esta última cuya imagen agravó sus resquemores por la seguridad que tuvo de conocerla y no poder precisar dónde y cómo. Medicamentos sobre un estante metálico para el colesterol e hipertensión. Pócimas de diferentes colores y un cofre con arena negra en el fondo, sobre la que yacían dos muñecos de tela amarrados a fotografías de Licantro Seca y Fabricio Montaner, cruzados por alfileres y clavos en las cabezas. Pero lo más impactante fue un hipnótico gobelino de manufactura wayuu, en el que una guerrera indígena era venerada por figuras espectrales, y que le disparó en la mente una seguidilla de sucesos que no reconocía. Tampoco la inscripción en lengua aborigen que la encabezaba, pero que extrañamente descifró en un susurro como las sombras ajenas.

Ese diagnóstico de sus pensamientos en voz alta, lo conectó con las sombras azules pintadas en el techo que parecían moverse en los laberintos de una escena onírica, como delirios fugados del enorme bastidor que simulaba ser una cabeza humana por dentro, conjugando los componentes perceptibles de los sesos y los tejemanejes impalpables de la mente. Los contornos azulosos del cerebro condujeron su mirada por trazos más oscuros que tejían un manto negro hasta arroparlo desde las rodillas. Antes de terminar su caída, la penumbra se esparcía mansamente sobre el amarillo de listones en el suelo, delatando los candados que impedían la entrada a un sótano rotulado: Adán y Eva, en letras que parecían escritas con sangre. El descubrimiento lo llevó a experimentar un vacío en el estómago. Ese era el calabozo de la pareja a la que había traicionado. Todo a su alrededor le dio vueltas, creyó que el vaho de los malos sentimientos lo tirarían al piso. Una multitud de emociones, algunas de las cuales ni siquiera reconocía, le atrancaron las lágrimas. A medida que leía los nombres sobre la compuerta de aquella cárcel las memorias eran ráfagas de luz y voces altisonantes disputándoselo: Inspectores de claraboyas (el disciplinado club de voyeristas que husmeaba la intimidad de pareja de los vecindarios del barrio). El bar de las chuecas (las prostitutas que regentaban el bar Del Putas S.A., famosas porque habían escuchado más secretos del barrio que el confesionario del cura Maldonado). Los apodos de pandilleros, el pastor Agüero, el mismo cura Maldonado. Los Plumíferos, la Caterva, los Perico, los muñeco teso, pandillas siempre enfrentadas por los territorios del microtráfico. Mango chupao, Cara e' lengua; la Cartelera (el cartel que imponía la inseguridad en la ciudad). Y los autógrafos de muchos otros que ni siquiera conocía lo castigaban desde los rincones de su memoria. Recordó el barrio y aquella ciudad ficticia que fueran la trampa para engatusarlos y entregar sus cabezas a Los 7 en bandejas de plata. Ahora no sabía si él era víctima o victimario de su propio invento. Porque justamente desde las evocaciones y los mea culpa, los terroristas lo perseguían a él, a Zoe y a todo lo que le importaba

Otra vez escuchó la sirena de la patrulla. Empezó a seguir el sonido, empeñado en encontrar la salida. De ir y venir en vano se visualizó como un ratón dando vueltas en una rueda sin fin. Sus ojos recorrieron el lugar una y otra vez hasta que volvió al largo corredor por el que llegó. Lo recorrió tanteando las paredes. La sirena sonaba cada vez más cerca en el cuarto situado al lado de la escalera de cuerdas. El sonido proveniente de debajo de la bandera blanca le apabulló la mente con deseos de libertad. La pared lucía mohosa e infestada de larvas y excrementos de ratas que en otro momento se habría negado a tocar. Se trataba de un papel, una treta, un espantapájaros; constatarlo le entrecortó la respiración. Sus manos temblorosas palparon por minutos sin encontrar nada. Una jauría de suspiros amenazaba con devorarle el pecho con las carcomas de la frustración. El fuselaje de la resignación se arrellanó sobre sus hombros empujándolo a deslizarse lenta y pesadamente sobre su espalda recostada en la pared. Pero poco le importó el coxis resentido al caer sobre su trasero cuando por casualidad destapó una entrada que lucía como un boquete inaccesible.

Aulló de felicidad. La agitación del pecho le alargo una risa nerviosa y espernancó sus ojos. No le incomodaba la estrechez del agujero que lo obligaba a caminar en cuatro patas. Sin embargo, dos metros adelante la herida de la cabeza se topó con un ladrillo que sobresalía de la pared. Sintió que todo el cuerpo le pulsaba en el cráneo. Un manto de fiebre repentino le disgustó el cuerpo, como cuando era niño y le ganaban los miedos. Otra vez el ejército de voces lo colmaba de oreja a oreja, abucheándolo con un coro de "no se puede, no se puede". Como si fuera inquilino en su propio cuerpo las oía discutir, burlarse y sabotear cada paso adelante. Gateó con cuidado hasta que pudo levantarse y ascender por la escalera de raíces que le ofrecía un sicómoro de varios metros de profundidad. Cuando llegó al final, levantó lo que desde afuera era un terraplén de cemento y grama en el suelo, oculto tras arbustos y maleza.

Detuvo su salida cuando volvió a escuchar la sirena de la patrulla y el cruce de disparos con forajidos a los que perseguían a gran velocidad. Pensó que podría tratarse de los dueños de ese pasaje secreto donde él se encontraba en aquel mismo momento.

360°

www.360grados.com

VILLA RICA · EDICIÓN · COLONIA DEL SUR · POLÍTICA · JUDICIAL · MUNDO · DEPORTES · ECONOMÍA

Japón amenaza a La Colonia del Sur a causa de Los 7

Durante el día de ayer, se produjeron serias amenazas del gobierno de Japón a La Colonia del Sur a través de su embajador, Nikito Akiyama, en un duro comunicado de prensa por medio del cual exige la extradición de Adriana Papadopolous, al parecer miembro del terrorífico grupo de Los 7.

Aunque no se conocen mayores detalles, se especula que el disgusto del país del sol naciente se debe al acoso sufrido por su primer ministro Akiro Hamasaki a cuenta de un juego de video del que responsabilizan a Papadopolous. Ante lo anterior no ha habido respuesta y las conjeturas aumentan en el contexto local, nacional e internacional, generando reacciones encontradas entre quienes apoyan sin restricciones al mandatario japonés y los que aducen que se trata de una treta con fines oscuros.

Por su lado, el ministro de Relaciones Exteriores del pueblo colonial calificó de inconcebible el hecho de que una nación extranjera revelase información de la identidad de algún miembro de Los 7, cuando en el país los aportes de las investigaciones son casi que nulos. (Sigue página 4).

CAPÍTULO 12

La amplia avenida estaba colmada de autos. El sol resplandecía en un firmamento sin nubes. Por encima de los cables de luz, pericos australianos y pájaros multicolores alborotaban el ambiente. Ricardo miraba las estanterías del comercio mezclado entre los transeúntes, esperando a los agentes Rojas y Fuentes con los que se había citado en una cafetería al otro lado de la calle, haciéndose pasar por un informante con pruebas de que Batachanga estaba vivo.

Aguardar en la distancia le daba cierta ventaja por si alguna jugarreta se les ocurría a los agentes de la Fiscalía. Si complicado fue escapar de la cueva de Los 7, llegar hasta el centro de Villa Rica magullado, sucio y vestido de mujer, lo superó con creces. Debió sortear el acoso de albañiles, los verdes piropos de borrachines desdentados y hasta la palmada en la nalga que le propinó una mujer de mediana edad. Todo habría valido la pena si podía contarles a los agentes lo que había descubierto, a cambio de que lo ayudasen a rescatar a Zoe sin alborotar el avispero.

Reflejado en la vitrina de la boutique frente a la que se había situado para vigilar, divisó a un hombre barbudo que a media calzada y vestido de negro se dirigía hacia él sin dejar de mirarlo. A su derecha, otro sujeto de capucha negra aminoró sospechosamente el paso para limpiarse el excremento escurrido de entre los cables de luz. Las alarmas le brincaron en el estómago. Intentó respirar profundo para controlarse, pero advirtió a un gordo, petiso y gótico por el otro lado corriendo hacia él. ¡Huyó!

Corrió en diagonal entre el último y el que en ese momento alcanzaba la acera, precipitándose a la avenida. Dos taxistas a punto de atropellarlo frenaron en seco, ambos conductores le gritaron. Los improperios también fueron para sus perseguidores. El gordo blandió una pistola y silenció los reclamos sin detenerse sorteando el trancón por la mitad de la calle hasta que otro taxista abrió la puerta cuando pasaba a su lado y lo tumbó. Al instante, varios conductores lo cogieron por su cuenta quitándole el arma y pateándolo después en el suelo por amenazar con una pistola descargada. Los otros dos se escabulleron por el callejón por el que desapareció Ricardo hacia una zona de agitado comercio. La alta temperatura y humedad los obligó a detenerse para recuperar el aliento. Rotaban al tiempo avistando las cuatro esquinas del inmenso bazar en la emblemática plaza de San Nicolás, que se encontraba atestada de gentes de toda clase. Ni rastros del fugitivo. Se miraron con preocupación. Por este tipo de encargos no había pago, pero tampoco era una opción fallar; hacerlo sería pagar con la vida. Se separaron sin pronunciar palabra, cada uno cogió para un lado con el fin de rodear la plaza y encontrarse en el mismo punto.

Una llovizna menuda empezó a caer a pleno sol.

—¡Ese aguacero va! —oyó decir Ricardo a un comerciante, quien luego de avizorar los nubarrones asomándose por el nororiente, iniciaba la recogida de sus cachivaches de pulguero.

Ya despojado de las gafas y la peluca rubia, Ricardo se dirigió a la salida al final de la plaza, cubierto con un impermeable amarillo, sombrero y un morral camuflado. De pronto, detectó a los agentes Fuentes y Rojas en la entrada. Verlos disparó en su cabeza las acusaciones por las muertes de Adán y Eva. Se preguntaba si todo aquello no sería urdido por Los 7. Era como ser perseguido desde su mente por fantasmas de personas que no recordaba haber conocido en verdad. Fingió ser el desprevenido cliente de un vendedor de imitaciones de relojes y esperó a que se adentraran para girar y escurrírseles en la cara.

—Usted, busque hacia aquel lado; yo iré por este otro —le ordenó Rojas a Lola al tiempo que le señalaba que se encontrarían en ese mismo lugar.

La llovizna arreció. Las nubes se adueñaron del cielo y ensombrecieron el mercado.

—¡Cójanlo! ¡Ese es, cójanlo! —gritaba un comerciante, señalando a Ricardo por haberles robado.

Ricardo se escabulló rápidamente.

—¡Cójanlo, cójanlo! —insistían a la vez los comerciantes corriendo tras el malhechor.

Ricardo se fue despojando de lo robado y para pasar desapercibido, también grito:

—¡Cójanlo, ese es! —señaló a uno de los tipos de negro con el que casi se dio de frente.

Para cuando el sujeto quiso voltear a ver de quién se trataba, la turba ya lo tenía entre sus puños.

El acto no pasó desapercibido ni para su compinche ni para los agentes. Al mismo tiempo, cuando Ricardo giró en sus talones para correr hacia la calle, los tres lo ubicaron.

—¡Ese es el otro ladrón! se desgañitaba Ricardo indicando, señalando al sujeto de negro.

El hombre rio con sorna al ver que nadie le hacía caso. De pronto, uno de los que golpeaba a su compinche prestó oído a los gritos, y chocó con su barba y oscura apariencia.

—¡El de barba! ¡Ese es el otro!

Fuentes y Rojas fueron testigos de la habilidad de Batachanga para camuflarse y para escapar también. Cuando reaccionaron, él ya se mezclaba entre la muchedumbre que se apretujaba en la salida.

De Ricardo no quedaba ni el humo al llegar a la calle. Todo parecía jugar a su favor. Sopló fuerte la brisa, un relámpago se abrió paso en el centro del cielo y gruesos nubarrones cerraron filas como si quisieran atraparle. Retumbó el suelo al tronar el firmamento y desparramar un aguacero de grises que transformó la escena en una película en blanco y negro. Otra vez Rojas y Fuentes se separaron en direcciones opuestas, el huidizo prófugo de la justicia no podía estar muy lejos.

—¡Esta lluvia no me deja! —maldijo Lola. Las trenzas africanas de su peluca al estilo Bob Marly le latigueaban las mejillas al correr.

De la rabia la lanzó al arroyo que empezaba a cobrar fuerza.

Dio vueltas en redondo por el bulevar una y otra vez sin suerte. No pasaba desapercibida para la gente guarecida en los estaderos y restaurantes, la mujer rapada que infructuosamente registraba hasta los botes de basura.

La figura de una mujer al otro lado de la calle, que llevaba una peluca igual a la que acababa de botar, llamó su atención.

—¡Oye, oye! –gritó al ver que se desvanecía corriendo por una esquina.

Se olvidó del asunto al ver que de golpe los arroyos provenientes del norte de la ciudad aumentaron el caudal alrededor del bulevar, aislándola.

Buscó su celular para desquitarse con Gabriel, especulando que él estaría tomando café en algún sitio cercano.

—¡Por la madre de Batachanga! —volvió a maldecir furiosa; ¡le habían robado el celular!

*****

—Dime Lola —contestó Gabriel su móvil, estremecido por el frío.

—Hola guapo —le respondió la voz gruesa de un hombre.
—¿Quién habla ahí?
—El jefe —se burló la voz al otro la de la línea.
—¡Aló, aló!

La llamada se cortó y Gabriel quedó peleando solo, recorriendo la acera de esquina a esquina.

De la nada se le abalanzó un tipo con la peluca de Bob Marley y se hundieron en el arroyo.

«Nunca había estado más cerca de la muerte», diría al día siguiente el agente Rojas en la cama del hospital de oficiales de Villa Rica. Según recordaba, el hombre que lo dobló con facilidad, lo sometió hasta que se le fueron las luces de tanto tragar agua.

Lola, la heroína de la jornada, dijo que el mismo tipo que lo lanzó al agua y casi lo ahoga, fue quien lo sacó y lo dejó en la acera. Lo que la constituyó en protagonista de los diarios no fue su versión, sino la de algunos que atestiguaron que ella, arriesgando su vida, persiguió al tipo y le disparó hiriéndolo en una pierna.

360°

www.360grados.com

VILLA RICA · EDICIÓN · COLONIA DEL SUR · POLÍTICA
JUDICIAL · MUNDO · DEPORTES · ECONOMÍA

La psiquiatra Alana Paba se suicida en su celda

Muy lamentable para la asociación de psiquiatría de la ciudad resulta la pérdida de la doctora Alana Paba, respetada por su altísima calidad profesional y excepcional don de gentes.

Al parecer, en la mañana del día de ayer, la doctora se habría ahorcado con el cinturón de uno de los guardias del penal, que fuera asesinado un par de meses atrás.

Julián Porras, director de la cárcel y muy amigo de la occisa, no pudo ocultar su pesar al referirse al caso y pide respeto por su dolor. Motivo por el cual postergó…" (Sigue página 4).

CAPÍTULO 13

—Llevaba un par de semanas muy depresiva —le comentó Julián Porras a Gabriel, sin quitarle la mirada a Lola—. Desde que mató a aquellos guardias, cambió por completo.

No comía, no hablaba. Siempre estaba tirada en una esquina de la celda con los ojos desorbitados, como poseída.

La entrada de un guardia Interrumpió la conversación.

—¿Listo, Gutiérrez?

—Sí, jefe.

—Por favor, regálenme cinco minuticos —se disculpó Porras—. Enseguida vuelvo, es algo urgente.

El ambiente del penal estaba caldeado desde hacía días. Existían pruebas en video de reclusos de juerga en lugares públicos; y Porras como jefe del penal era el encargado de aclarar los hechos a la prensa y a sus superiores.

—Hoy estás muy guapo —le dijo Lola a Gabriel tocándole la barbilla.

—Cuidado. Puede entrar Porras.

—¿Qué me importa?

Gabriel se sentía halagado; sin embargo, no sabía cómo reaccionar al acoso de Lola que desde hacía un par de días le venía soltando la artillería pesada. Él quería responderle, y tenía planeado declarársele, incluso desde antes de sus asedios, pero estaba desconcertado ante este cambio de actitud. Se preciaba de ser un hombre a la antigua, le gustaba llevar la iniciativa.

—Está bien. Te invito a cenar este sábado en la noche y...
—¿A bailar?
—Si no te importa que te pise.
—No importa, me pondré las botas.

Acordada la cita, ambos bajaron la guardia. En adelante, hasta llegado el momento, hablarían las miradas.

—Debimos ver la celda de la doctora antes de hablar con Porras —sugirió Gabriel.

Lola asintió pensativa.

Era cierto que la doctora Paba había cambiado, pero no desde hacía dos semanas, como dijo Porras; cuando llegó al reclusorio, ya no era la misma. Los cambios de ánimo eran constantes.

—¿Habrá tenido Porras algo que ver con la psiquiatra? —aventuró Lola con malicia.

—¿En la muerte?

—No, tonto. Tú sabes, dicen que ella era una zorra desenfrenada.

Gabriel sonrió negando con la cabeza.

La prensa no lo señalaba por su prestancia social, pero la doctora Paba era una promiscua cazadora de amantes. Catalogarla de mujer de mundo resultaba un eufemismo. Los fines de semana la sesuda psiquiatra se soltaba el moño, recalcando en sus propias palabras que eran sus espacios de despeluque. De ese espacio hicieron parte muchos, entre ellos Fabricio Montaner. Lo conoció en una discoteca y esa misma noche se lo llevó a su casa. Se jactaba de no tener perros ni gatos que le impidieran hacer lo que le diera la gana. Alana era menuda, de baja estatura, de rasgos finos y un brillo en su personalidad que subyugaba. «Una ráfaga», le decía él. No era una de las jovencitas con las que acostumbraba a estar, pero por un buen tiempo se olvidó de todas, hasta de su propia esposa. La relación entre ellos se desgastó por efectos del tiempo. Decidieron alejarse para aplacar los problemas que ya tenía con Margarita y salir a buscar algo nuevo. Para Fabricio, entonces, fue la actriz y modelo Patricia Rico; para ella, y aunque Fabricio nunca lo supo, su socio y amigo Licantro Seca.

Entre ellos la cosa se dio de manera muy particular por los tiempos en que Ricardo ejercía de ayudante en el hospital psiquiátrico. Una noche, ella empezó a tener sueños con un hombre negro al que nunca le veía el rostro. Visiones sensuales de alto voltaje de las que se recobraba en el momento previo a la intimidad. Transcurrían sus días bajo el encantamiento de un aparecido nocturno, el fantasma en un sueño, alguien irreal a quien solo le oía su voz gruesa. La lujuria ahondó en sus oídos perturbándola cada noche. Su sensualidad se salió de los límites normales provocando comportamientos que nunca imaginó. Se descubría de pronto detrás del escritorio acariciándose a sí misma para paliar el hormigueo que le subía por las rodillas, entre las piernas y palpitaba en sus senos como una bomba a punto de estallar. Una mañana, al llegar a su consultorio, halló un ramo de flores con la nota firmada por un admirador: "Me encantan tus sueños". El mensaje la despabiló mejor que el café. La intriga apuntaló sus corazonadas. Las conjeturas sin norte le hacían rascarse la cabeza y extraviar su mirada en el cielo raso con los ojos entornados como si quisiera verse las pestañas. La expectación alcanzó su mayor grado cuando el supuesto admirador la llamó, y ella reconoció la voz del sueño en quien la invitaba a cenar. Conocerlo fue la tapa o quizás, destapar una caja de pandora. Por fin los susurros de ensueño tenían rostro, pero la de un reconocido mafioso.

La naturaleza mística de los sueños siempre la sedujo más allá de las contemplaciones de su profesión, y en Licantro encontraría mucho más que eso. Se hicieron amantes con una afinidad que irrigaba desde los sueños hasta lo físico, redoblada por la invocación de espíritus. Alana rebatía a quienes la definían como atea, aduciendo que ella era más creyente que cualquiera por ser panteísta. Liberalidad que le daba licencia para practicarlo todo, enganchándose amuletos de toda índole o accediendo a rituales de santería en Cuba; de candomblé en Brasil; de vudú en Haití y New Orleans; o en la Montaña del Sorte en Venezuela.

—Aquí me tienen —dijo Julián Porras algo agitado al entrar—. Ahora sí, díganme.

—Nos gustaría visitar la celda en la que se suicidó la doctora Paba —le informó Lola.

—En este momento no es posible, están trasladando unos presos. Si no les importa esperar.

Lola se quedó mirando fijamente a Porras, presintiendo que aquel sujeto ocultaba algo.

Quizá también él había caído en las redes de la supuesta suicida. En los momentos de lucidez de la doctora, Porras la invitaba a su oficina para, según él, darle su medicina. La amistad entre ellos databa de los tiempos de colegio. Pertenecían a la misma promoción de bachilleres del Seminario Colombo Francés. En aquella época tuvieron un romance fugaz, con la inestabilidad propia de adolescentes que empezaban a explorar con las fiestas ruidosas, las drogas y con una libertad que malentendían. La misma promiscuidad que los hizo coincidir también los separó al poco. Al salir del bachillerato se perdieron de vista. Cada uno se dedicó a sus estudios y, posteriormente, a la vida de trabajo. Diez años después se reconocieron en algún bar, y, eventualmente, después, a lo largo de los años, en uno que otro sitio de rumba en las madrugadas, pero sin ir más allá de los saludos de rigor. El reencuentro oficial se dio en la correccional de mujeres del Buen Pastor, que él dirigía hacía seis meses. Eso la ayudó a ella a obtener un mejor trato desde el principio. Sirvió como excusa el prestigio de Alana en su profesión, su excelente trato a los demás, y disciplina, y así las consideraciones jugaran a su favor. Fue cuestión de tiempo para que, entre anécdotas de colegio, las charlas en la oficina del director y en la cercanía de su trato personal se apasionaran sus encuentros más allá de lo permitido. «Yo soy gasolina y ella es candela», decía él y agregaba entre risas, «ella sabe que una mano lava la otra, y que si me agarra yo le doy por la pompa».

—¿Ya ha determinado el forense el suicidio? —preguntó Gabriel.

—Sí, claro —respondió Porras apresuradamente—. Era evidente.

—¿Se degolló?

Porras asintió.

—¿A qué hora fue?, ¿quién la encontró?

—¿Con qué se degolló?, la prensa dijo que se había ahorcado —añadió Lola.

Porras suspiro profundamente, dándose tiempo para ordenar las palabras.

La versión del director del penal era simple, la encontró un guardia. Se degolló en la madrugada con el vidrio de una botella de procedencia desconocida. La verdad era otra, Porras lo sabía. Él no lo hizo, pero lo supo todo desde el principio. A Paba la envenenaron. La doctora podía pasar una semana sin comer, y de pronto, cualquier día, cuando al parecer volvía en sí, comía para reponer fuerzas y seguir en sus prolongados ayunos. El anterior había sido uno de esos días. Al minuto de haber ingerido unas almojábanas, ya estaba convulsionando y botando espuma por la boca.

360°

www.360grados.com

VILLA RICA   EDICIÓN   COLONIA DEL SUR   POLÍTICA
JUDICIAL   MUNDO   DEPORTES   ECONOMÍA

Epidemia mundial

El anuncio publicado por el grupo terrorista de Los 7 acerca de un virus informático lanzado a comienzos de mes ha causado pánico. Hasta la fecha, habrían infectado a cientos de millones de personas en todo el mundo. El temor generalizado se debe a una posibilidad de poder hackear la mente de los usuarios.

'La guerra soñada', título del comunicado, precisó que la idea es cumplir los sueños de los infectados, al enfrentarlos a sus peores miedos en los laberintos de una pesadilla sin fin. El anuncio no pasaría de ser más que alardes si no fuera por los testimonios de muchos que juran lealtad a estos malhechores por haberles cambiado la vida.

Lo que empezó como una especie de terrorismo burlón a famosos y poderosos se ha convertido en una amenaza global. «Si no hay una coordinación adecuada de las fuerzas de seguridad, el mundo podría caer en un caos total», pronunció Ricky Balvin, secretario general de la ONU. Una cosa es afectar instalaciones y otra manipular los sueños y las mentes de la gente para fines abominables. (Sigue página 4).

CAPÍTULO 14

Gabriel y Lola esperaron durante varios días la aparición de Ricardo a las afueras de la casa de Licantro, aparcados en una camioneta de vidrios tintados. Dieron por hecho que él merodearía la zona donde Zoe estaba secuestrada. El GPS del celular que ella le había robado a Lola les dio su ubicación. La tercera noche, Ricardo tampoco apareció. A medianoche, vieron salir de la casa a un hombre de barba y sombrero panamá acompañado de una mujer lastimada de una pierna. El hombre la cargó en brazos y corrió hasta detrás de unos matorrales.

—¡Arranca, van a escapar! —exclamó Gabriel.

Se oyó una moto que un segundo después vieron salir a toda velocidad hacia la carretera. Cuando Lola puso en marcha el auto, se prendieron las luces de la casa y varios disparos al aire partieron la noche. La motocicleta de los fugitivos cedía ventaja a la furgoneta conducida por Lola. El ruido provocado superaba ampliamente su velocidad. En poco tiempo, los tuvo a tiro. La pericia del conductor ganaba espacio interponiendo autos, zigzagueando, sobrepasando peligrosamente de un lado a otro para evitar que los emparejaran.

—¡Cuidado! —alertó Gabriel a Lola por un auto en contravía.

—Esto se va a poner feo —dijo Lola observando los retrovisores—. Allá vienen los hombres de Licantro.

Disparos al aire de cuatro motorizados anunciaban la cacería.

*****

—¿Quién eres tú? —le preguntó Zoe al conductor de la moto al que se abrazaba para no caer.

En ningún momento consiguió verlo. Él la había despertado y sacado de la celda con gran facilidad, aunque ella no entendía qué pasaba.

—Diego Milano.

—¿Eres de Los 7?

El tipo no escuchó la pregunta porque en ese momento se salió de la carretera, ascendiendo por un terreno pedregoso que lo alejaba de la mira de los perseguidores. La noche oscura los favorecía. El cielo encapotado se hacía más denso a cada segundo; el olor a tierra mojada anunciaba la lluvia. Los rayos rasgaban el horizonte insistente, pero apaciblemente. Sin embargo, el eco de sus lejanos estruendos avanzaba rápidamente a medida que la capota celeste lo colmaba todo con su espesura. Los hombres de Licantro recobraron la pista al ver la camioneta de Lola, que también salió del asfalto hacia la trocha enfocando el vertiginoso ascenso de la moto que a lo lejos podía verse como un simple punto de luz.

Pero distinguirlos en la distancia duró poco. El impacto de un relámpago apagó la iluminación de los postes, al tiempo que desató un aguacero espeso que no permitía ver más allá de los diez metros.

La moto giró al alcanzar la cima y Zoe estuvo a punto de caer. Detrás de la montaña se abrían tres caminos. El supuesto Diego Milano siguió el del medio introduciéndose en una espesa maleza. A cincuenta metros se detuvo en un descampado al pie de una piedra.

—¡Bájate!

Las malas condiciones de Zoe lo obligaron a bajarse para ayudarla. Ella farfullaba sin poder abrir los ojos.

—No te muevas, ya regreso.

La acostó detrás de un árbol cerciorándose que no hubiese nada alrededor que la pusiera en peligro. Volvió a montar la motocicleta y se regresó a toda prisa. Debía volver al camino para despistar a sus captores. Por nada del mundo deberían enterarse de que Zoe ya no estaba con él. La camioneta de los fiscales asomaba la trompa cuando salió del monte. Al divisarlo, aceleraron enfocándolo con las luces altas.

Al llegar al punto por el que lo vieron salir, Gabriel se bajó en busca de Zoe, mientras Lola lo perseguía. La persecución arreció, uno a uno los hombres de Licantro se fueron juntando a la cacería. Los fogonazos de pistolas no paraban. Era cuestión de segundos que dieran con ella. Los huecos y bancos de arena jugaban a su favor, pero no la oscuridad. Distinguir el sendero la obligaba a frenar, disminuyendo la distancia de los pistoleros.

—¡Tiren a la cabeza! —gritó el más rezagado, y una ráfaga le destrozó los vidrios.

Hundió el pie en el acelerador. Se la jugó con una maniobra peligrosa de frenos y volante que provocó que el de la derecha tropezara con un hueco y diera contra un árbol. El más distanciado se detuvo a ayudarlo, mientras el tercero ocupaba el lugar del caído. Perdido Milano entre las sombras, ahora ella era el objetivo. El camino se estrechó dificultando la fuga. Imposible zafarse de los otros dos que, si bien no podían ponerse a su lado, de acercarse más alguno podría trepar por el techo.

Uno de los hombres disparó a una llanta y el carro patinó pesadamente antes de detenerse atrancado por el barro. Lola tuvo tiempo de bajarse y correr por el camino sin ser vista. Por desgracia, estaba al final del sendero. Por más oscuridad que hubiese, si regresaba sería presa fácil. Con la luz de la primera moto quedó en la mira. Estaba perdida, lo supo. «Nadie nace para semilla"», se dijo en voz alta al tiempo que tomaba impulso para hacer su última jugada. Cerró los ojos y se entregó a las manos de Dios corriendo hacia el vacío.

360°

www.360grados.com

VILLA RICA   EDICIÓN   COLONIA DEL SUR   POLÍTICA
JUDICIAL   MUNDO   DEPORTES   ECONOMÍA

La paz postergada

Por fin se ha aclarado el motivo por el cual a última hora se canceló la reunión ecuménica que durante dos años preparó el papa. Al parecer, los líderes de las doce principales religiones del mundo y otros representantes de diferentes órdenes espirituales, fueron víctimas de un ataque terrorista que se adjudicó el asesino múltiple, Ricardo Batachanga.

Los rostros de los piadosos fueron manchados con un colorante que duró semanas en desaparecer. La trampa fue colocada en unos supuestos regalos que al abrirlos explotaron bombas de tinta roja, de la que usan los bancos para frustrar los atracos.

Irónicamente, este alevoso acto generó una inusitada empatía con el pontífice. Un resultado impensable después de la gran división en el Vaticano por el episodio conocido como la Biblia cercenada, la nueva versión del libro sagrado que recientemente promulgó el sumo pontífice con cincuenta versículos menos, que a su parecer alejaban a la gente de la religión. Ese hecho, además de sus continuos anuncios de que Dios le había revelado sobre la pronta llegada de un estadista que unirá al mundo, hacía prever un apresurado desenlace de su liderazgo. (Sigue página 3).

CAPÍTULO 15

Encontrar a Zoe no fue complicado. A pesar de la fuerte lluvia, rastros en la espesura maltratada se distinguía una senda que treinta metros adelante se abría a un terreno destapado. Gabriel corrió entre los matorrales buscándola. Al final del claro, detrás de un frondoso matarratón, advirtió uno de sus pies. Tirada en el piso, lucía inconsciente, mal trajeada, con el rostro amoratado. Quedamente respondió a su llamado, mirando a todas partes sin entender qué pasaba hasta que volvió a cerrar los ojos. Algo debajo de su espalda sobresalía, eran dos cuadernos forrados en plástico, que Gabriel se guardó entre el pantalón antes de cargarla en brazos.

Al retomar el camino vio a los hombres de Licantro disparando desde sus motocicletas tras la camioneta de Lola. Lo invadió una sensación de impotencia mientras controlaba la agitación de su respiración. No era momento para pensar. Si quería salvar a Zoe y salir con vida tenía que alejarse de allí cuanto antes.

—Lola siempre se sale con la suya —declaró suspirando, y siguió caminando a lo que más podía.

A cada paso que daba el aguacero parecía que cobraba más fuerza. Zoe mascullaba resintiendo los tropezones de la carrera. De tanto en tanto, Gabriel volteaba cerciorándose de que nadie los perseguía. En uno de esos giros de cabeza, tropezó con un montículo de piedra y cayó de rodillas antes de rodar por el barro. Se lastimó los codos y terminó de espaldas a causa de una voltereta que él mismo propició para no soltar a Zoe o que se golpeara la cabeza. Al levantarse, múltiples rayos desgarraron el cielo. El sentido de las aguas le recordó que debía descender la loma antes que el arroyo creciera.

Ya en el borde de la loma, con la vista de la circunvalar, a unos trescientos metros el eco de pistolas persistía. El trayecto hasta la carretera lo hizo consciente de la tormenta eléctrica. No había opción, dio dos pasos y al tercero, una de las piernas se le deslizó en una piedra redonda desparramándolo hacia un costado. Se levantó apurado, los brazos le temblaban. El agua corría por el rostro de Zoe que acurrucada por el frío se apretaba a él. De repente, una especie de rugido lo alarmó; que él supiera, no había depredadores en la zona. Apresuró el paso. Los brazos dejaron de temblarle, la adrenalina le calentó el pecho. Entre tumbos pudo dar unos cuantos pasos, hasta que vio a un hombre fornido e indistinguible por la lluvia que bramó como una bestia salvaje al verlo. La segunda vez, más que un bramido le pareció la gutural sorna de cien carcajadas tronando al tiempo. No podía creerlo, quedó engarrotado sin poder moverse amarrado al suelo viendo que aquella criatura corría a embestirlo, rugiendo. Si fracasó en su cometido fue porque a mitad de camino un rayo lo golpeó tirándolo en el suelo echando humo. El impacto fue tal que también lo lanzó a él dos metros más arriba. Al recobrarse, divisó el cuerpo de Zoe. Quiso rescatarla, pero la falta de estabilidad lo obligó a esperar unos segundos. Ya se disponía a ir por ella cuando fuera de toda lógica, aquella extraña criatura con forma de hombre reaccionó poniéndose de pie. Al ver a Zoe derrumbada en el fango, la cargó con un brazo y se la llevó de regreso.

Gabriel corrió hacia la carretera sin siquiera voltearse una vez. Se acordó de Lola cuando ya había atravesado la circunvalar, afanado por refugiarse debajo de un puente a esperar por ayuda.

—Esto es una pesadilla —se quejó mientras apuraba el paso e insistía al teléfono de Lola.

Era la primera vez que veía aquella avenida sin tráfico. De pronto, el escenario le pareció tenebroso: la lluvia, los rayos y truenos y esa especie de hombre lobo que acababa de presenciar. Llegar al puente no solucionaba nada de momento, pero lo reconfortaba. Reparó en los cuatro costados del puente. Cruzó los brazos, frustrado y notó las libretas dentro de su pantalón por debajo de la camisa. A dentadas y entre refunfuños logró desprenderles la funda de plástico. Sentía que el corazón le palpitaba en las sienes. Tragó grueso pestañeando seguido como si le hubiese entrado mugre en los ojos. Y por la ansiedad de saber su contenido casi deja caer las libretas al arroyo. Tras una rápida ojeada, se dio cuenta de su valiosa información. Ahí estaba la solución a todo, las pruebas que mandarían a la cárcel a más de uno. Seguramente, una guerra se libraba en la ciudad por aquellas libretas de apuntes. Se acordó de Lola, y de la ansiedad se le antojó un puro, hacía un año que había dejado de fumar. Insistió con el celular, esta vez por ayuda a la Fiscalía. Debía salir de allí como fuera. Caminaba de un lado a otro como león enjaulado devanándose los sesos, cuando se percató de la manera irregular que el agua caía en una parte por debajo del puente. Se descolgó entre los barrotes para corroborar que era una de las salidas del viejo alcantarillado. Aun sus vapores malolientes, el calor lo atrajo y se introdujo un par de metros. Un mínimo destello de luz se percibía al fondo, se le ocurrió que tal vez podría encontrar otra salida. El recuerdo vago de subterráneos trazados entre monasterios y construcciones antiguas lo alentó a adentrarse a investigar. En el peor de los casos, si esa era la guarida de viciosos, su carné de la Fiscalía sofocaría cualquier intentona de ataque, en caso contrario, para eso tenía la pistola.

Los pensamientos se le cruzaban, por momentos era Lola o Zoe o aquel hombre que resistió un rayo, lo que había descubierto en aquellas libretas y, los más importante en ese momento, a dónde llevaba aquel conducto. Se esforzaba por recordar; en algún informe de trabajo vio mapas de esos antiguos pasadizos que la alcaldía selló varios años atrás. En medio de esas reflexiones, de pronto se halló en una encrucijada. Decidió seguir derecho en pos de la lucecilla que lo animó al principio y no por ninguna de las otras dos alternativas posibles. Avanzó hasta escuchar gritos y sonidos de carretillas. No veía a nadie, pero el olor de alucinógenos era cada vez más fuerte. Se excusó en las muchas voces para regresarse a la encrucijada a buscar las otras opciones. El camino se le hizo más oscuro y se detuvo para orientarse. Tanteo las libretas en su cintura cuando oyó una voz rasposa. Algo golpeó su cabeza y lo cubrió una oscuridad absoluta.

360°

www.360grados.com

VILLA RICA | EDICIÓN | COLONIA DEL SUR | POLÍTICA
JUDICIAL | MUNDO | DEPORTES | ECONOMÍA

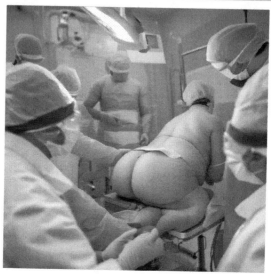

La paz a la cola

El último ataque del grupo terrorista de Los 7 deja en vergüenza la seguridad y el prestigio internacional de La Colonia del Sur al exponer a la burla al mandatario de la República Solidaria del Pueblo.

Las fotos y videos divulgados de la operación de hemorroides del presidente Chontaduro han motivado el pronunciamiento guerrerista de su gobierno. «No estamos dispuestos a tolerar burlas en torno a la salud de nuestro amado líder», comentó el ministro, Augusto Valentierra, en respuesta a quienes en las redes sociales han tergiversado el lema patrio con el hashtag #denalgasalpoder.

Por su lado, el mandatario colonial rechazó los actos de quienes dice, considera tanto enemigos suyos como de todos. Además, ha hecho un llamado a combatir global y sistemáticamente el flagelo terrorista que atenta contra los valores democráticos. (Sigue página 3).

CAPÍTULO 16

Las gafas de inmersión virtual fueron un inusual obsequio del Japón a cada uno de los presentes. La intención era que su tecnología de última generación aportara soluciones al problema mundial que enfrentaban. La paz era la meta, y si apoyados en la cibernética la lograban, enhorabuena. Sin embargo, los resultados fueron nefastos.

Bajo la guía del primer ministro Nikito Akiyama, se engafaron los líderes mundiales. Al encenderse los dispositivos, reinó el silencio en el Centro de Convecciones Cartagena de Indias. Un fugaz y azuloso haz de luz les absorbió la mirada hasta el centro de un punto titilante del que emergió un portal virtual que se apagó enseguida. El frustrado ensayo fue aceptado como una loable iniciativa que, si bien no funcionó esa vez, de seguro rendiría frutos en el futuro. La semilla estaba sembrada más allá de sus consciencias para reprogramarlos desde sus sueños.

Era la primera vez que se organizaba una reunión de aquella magnitud en un país del tercer mundo. A "La cumbre de los pueblos", como se le denominó, acudieron las naciones grandes y chicas obligadas por la unificación de hackers de todo el mundo. Japón fue el primer país en manifestarse en contra de las nocivas acciones promovidas por Los 7. Por tal motivo, con la anuencia del gobierno colonial, los nipones acordaron fecha y condiciones para dicha reunión con la

ONU, la OTAN y representantes de naciones independientes.

El propósito conciliador favoreció los gestos de amistad entre países rivales. Risas y expresiones jubilosas pronosticaban una renovada versión de We are the world, la canción de los años ochenta en apoyo a África. Pero nada más alejado de ello.

Las escaramuzas empezaron por los reclamos del presidente de Nicaragua al de La Colonia del Sur, que dijo querer instaurar el inglés o el portugués como idioma principal del país. A su favor, opinaron el mandatario brasileño y el embajador norteamericano. La dura respuesta de los países hispanos de la región avalados por España no se hizo esperar.

El presidente de la República Solidaria del Pueblo, sin mediar palabra, se levantó de su silla y le dio un bofetón al presidente Yunque que lo noqueó derribándolo sobre su escritorio.

—Te lo merecías por pitiyanqui —celebró Chontaduro sobándose la mano.

Celebración que le aguaron en el acto enemigos de su régimen al coordinar un ataque certero en su contra. Una patada en la entrepierna lo puso de rodillas en la alfombra, otra en la boca del estómago lo hizo besar el suelo tosiendo por la falta de aire. Cuba, Bolivia e Irán salieron en su defensa y fue peor. Una danza a su alrededor de patadas y trompadas sin puntería lo remataron. La derecha e izquierda suramericana se enfrascaron en una golpiza sin cuartel. Lámparas, micrófonos y cualquier objeto contundente a la mano servían como armas de ataque.

El olor a sangre avivó a los tiburones.

El jefe de Estado de Alemania recibió una sorpresiva patada en el pecho por parte del presidente griego, que lo lanzó por encima del escritorio. Aplaudió aquella gesta el primer ministro del Reino Unido que, al momento, también recibió lo suyo. Con pregones anti-Brexit, España y Francia unieron esfuerzos. El primero se puso en cuatro patas en la retaguardia del inglés y el segundo lo empujó al piso donde cayó fracturándose el brazo.

En contraste, Rusia y Estados Unidos se manoteaban como niñas de colegio, entre pellizcos y jalones de pelo. El presidente chino aprovechó para ponerlos de rodillas tomándolos de las orejas. Pocas veces rusos y gringos se han aliado, pero esta fue una de ellas.

—¡Suéltenme! —les ordenaba el hijo del río Yangtsé cuando el tío Tom y el inquilino del Kremlin lo prendieron por los muslos con sus dientes. Cuando les soltó las orejas lo arrastraron dando tumbos de barriga por todo el salón, hasta que tropezaron con el cuerpo del presidente de la República Solidaria y cayeron de espaldas. Este respiro al supremo cambió la dinámica del juego. Ahora era él quien los perseguía latigueándolos con el cable de un micrófono.

No se podía esperar menos de Israel y Palestina. En su aguerrida confrontación intervinieron varios líderes de Oriente Próximo que dejaron a más de uno sin barba y sin bigotes. Definitivamente, una cumbre de antología. El planeta dirimía sus conflictos en ese auditorio a puerta cerrada. Si siempre fuese así, las bajas serían mínimas y los resultados inmediatos.

A todas estas, el ministro Akiyama había desaparecido. En el calor de la batalla los contendientes no notaban las imágenes en las pantallas.

—¡Akiyama es un impostor! —se empezó a oír repetidamente por los altoparlantes hasta que se restableció la calma.

Entonces vieron en los televisores la imagen sonriente de Akiyama. Nadie entendía qué estaba pasando.

—¡Todo es una trampa! —vociferó alguien.

Se percibió una risa malvada que fue creciendo hasta sentenciar:

—¡Ustedes son mis prisioneros!

La imagen de Akiyama se fue transformando, transfigurándose en muchas personas y al final solo quedó una máscara de Arlequín.

—¡Soy Ricardo Batachanga! —remató la voz, esta vez más gutural.

Al tiempo que sonaba el amplificado trac-trac de las cerraduras de las puertas un potente gas somnífero fue liberado por válvulas instaladas en lugares estratégicos. A los pocos segundos, todos dormían como dulces angelitos.

360°

www.360grados.com

VILLA RICA   EDICIÓN   COLONIA DEL SUR   POLÍTICA
JUDICIAL   MUNDO   DEPORTES   ECONOMÍA

Una desaparición masiva

La desaparición de varias personas durante el día de ayer tiene consternada a nuestra ciudad y a todo el país. El alcalde Rodrigo Nepomuceno y su secretaria Xilene García; el jefe de la fiscalía regional Demóstenes Bueno; Julián Porras director de la cárcel Modelo; la actriz Patricia Rico; el jefe de seguridad inglés Thomas Grant; la locutora Mona Potter; la astróloga Rebeca Camping y la considerada diva nacional, Margarita Letré, son buscados, luego de la denuncia de sus familiares.

«Esos son los nombres de las personas reportadas como desaparecidas, pero con seguridad hay otras», comentó el secretario de gobierno Amilkar Gómez. Se desconoce el móvil de este infausto hecho, pero se sospecha del grupo de Los 7 y del señor Ricardo Batachanga, quienes lo habrían hecho, con el fin de negociar con el gobierno.

Jamás Villa Rica había padecido los embates de tantos actos delictivos, mucho menos la desaparición de varios de sus habitantes en una sola tarde. Las autoridades que no dan abasto con las numerosas denuncias hacen un llamado a la comunidad en general para dar parte a las autoridades sobre cualquier acto sospechoso del que puedan informar. (Sigue página 3).

CAPÍTULO 17

Las autoridades de La Colonia del Sur no encuentran respuestas ante los airados reclamos del Estado japonés por el secuestro de su primer ministro Nikito Akiyama. El gobierno colonial ni siquiera se habría enterado del asunto si no hubiese sido por las pruebas procedentes del país del sol naciente. Quien se había presentado en la Cumbre de los Pueblos era un impostor, el verdadero había desaparecido. Los autores materiales eran Los 7. La responsabilidad recaía en el presidente Yunque, al que todo el mundo tildaba de incapaz.

La vergüenza fue el sello histórico para la cumbre que promulgaba la reconciliación y unidad para combatir a los terroristas. Los funestos resultados de esa asamblea mundial repercutieron en el desprestigio de La Colonia para asumir retos semejantes, como también en la inoperancia de las agencias de seguridad del mundo que la rodearon. Que en sus narices secuestraran al embajador era una humillación.

El gobierno japonés no salió mejor librado. A causa del episodio, habían rodado cabezas. Tres días antes del acontecimiento, el embajador llegó a La Colonia con el fin de ultimar detalles para la cumbre. Nadie supo el momento en que el impostor usurpó su lugar.

Los científicos japoneses advertían acerca de una epidemia nunca vista y más devastadora que cualquier otra. Una pandemia desatada por una infestación bio-virtual. En términos simples, se trata de conectar los nodos de un juego virtual a las ondas electromagnéticas del cerebro, injertando un portal de sueños híbridos. Un juego que se activa al dormir, que no necesita comandos externos, inoculado con un simple rayo de luz a través de las gafas de inmersión virtual.

Una semana antes de la Cumbre de los Pueblos, el embajador Masanori recibió un regalo de la empresa de juegos de video más importante de su país. El obsequio se lo hicieron por el gusto que tiene el embajador por la tecnología, en especial por esa clase de entretenimiento. Fue así como después de pasar por todos los sistemas de seguridad, finalmente llegó a sus manos la mayor experiencia de su vida, según los fabricantes. En efecto, esa misma noche se alteró su existencia. Preso de las exigencias del juego, abandonó por dos horas el palacio vestido como un ninja. De regreso, escalando entre los pisos del castillo, la bala de uno de los guardias lo hirió en una nalga y quedó inconsciente al caer desde quince metros de altura.

El primer ministro Akiyama, ni siquiera se enteró. Fue secuestrado al otro lado del mundo.

Un avión del gobierno japonés aterrizó dos días después de la bochornosa cumbre en La Colonia del Sur, con una comitiva con actitudes samuráis del siglo doce. Yunque se sintió insultado con sus atropellos. Para ellos, los enemigos no eran siete, sino solo Ricardo Batachanga. Sus averiguaciones apuntaban a que era él quien se escondía tras el enemigo virtual conocido como Momo. Si se había burlado del mundo occidental, con toda su trascendencia milenaria no lo haría. Juraron por el honor de los shogunes, por los puentes de Tokio y hasta por el mismo Godzilla, que en menos de tres días darían cuenta de todo aquello sin cobrar un peso a la nación bananera.

El presidente Yunque no tuvo más remedio que aceptar. Los Estados Unidos, Francia, Reino Unido y Rusia se pusieron del lado de los nipones, ofreciéndoles ayuda y respaldo total.

Las buenas intenciones manifestadas en la malograda cumbre se cayeron por su propio peso. Las fuerzas conjuntas de Japón y sus aliados pisotearon protocolos y derechos humanitarios como les vino en gana. Abusos que no registraban las grandes multinacionales de las comunicaciones.

Un fresco le corrió a Yunque, ni hablar del pueblo que ya los había constituido en sus héroes cuando Los 7 se adjudicaron el desmantelamiento del avión que los trajo desde su país; les sabotearan los autos oficiales y, desnudos y atados a postes de luz con cinta adhesiva, expusieron a sus principales militares ante la prensa y el mundo entero.

360°

www.360grados.com

VILLA RICA · EDICIÓN · COLONIA DEL SUR · POLÍTICA · JUDICIAL · MUNDO · DEPORTES · ECONOMÍA

Más desaparecidos

Desde hace dos días se desconoce el paradero de los agentes de la Fiscalía regional Gabriel Rojas y Lola Fuentes. Las indagaciones oficiales revelan que han sido secuestrados por bandas delincuenciales. Al parecer, los agentes llevaban a cabo un operativo ilegal, dado que se encontraban suspendidos de sus cargos para liberar a la señora Zoe de la Cruz.

«Los agentes Rojas y Fuentes poseen información clave para capturar a Ricardo Batachanga y al temible grupo de Los 7. Su desaparición resulta un escollo más para las agencias de inteligencia que lleguen a Villa Rica para combatir el terrorismo», dijo el fiscal general de la nación, Demetrio Malo. (Sigue página 3).

CAPÍTULO 18

Gabriel rebuscaba material reciclable entre las basuras. Ahora lo llamaban Muñecón. Su compañero de faena y conductor de la carretilla recolectora era Bola e' mugre. Mugriento, con sus harapos, con aquella nueva y sonriente versión, sería irreconocible el austero y melindroso teniente Rojas.

Había pasado una semana desde que desapareciera de la vida pública y los medios ya ni siquiera lo mencionaban. Nadie sospechaba sobre su nuevo oficio o el tugurio en el que vivía. Pasó de ser un dependiente de la Fiscalía a estar a las órdenes del Frijol, el desdentado y mal encarado expresidiario jefe de los recicladores.

La noche en la que Bola e' mugre lo llevó donde el Frijol con la cabeza rota, por poco lo echan del cambuche. Tenían prohibido llevar problemas, y un herido grave era lo peor. Para la policía, una oportunidad que ni pintada para extorsionarlos a cambio de su vista gorda. Por fortuna, el escándalo de la sangre era mayor que el tamaño de la herida. Una vez lo curaron y le cambiaron la ropa, parecía otro vicioso más.

La ropa ensangrentada fue quemada en un basurero. Pero los dos libros que guardaba debajo de la camisa fueron decomisados por Bola e' mugre, antes de llevarlo al Bajo Manhattan. Los guardó para negociar en su momento con el secuestrado, aunque no podía sopesar su importancia, ya que no sabía leer.

Bola e' mugre llegó a la zona cinco años atrás reventado por el bazuco y con unas inmarchitables ganas de que lo mataran, que lo hacían batirse a cuchillo con quien fuera. A todos los que enfrentó los derrotó ampliamente. Los chuzaba en los glúteos, en los muslos o en la pantorrilla para no matarlos, a menos que esa fuera su intención; entonces apuntaba a los pulmones como sucedió en tres ocasiones. El respeto se lo ganó a pulso, igual que el derecho a trabajar con su propia carretilla. Nadie soportaba su mal genio, así que el Frijol no tuvo inconveniente en permitírselo. Las veces que lo vieron acompañado fue por mujeres del ámbito del reciclaje con las que compartía vicio. En aquel momento, restablecido del bazuco y del Chamberlain, se había convertido en un empedernido fumador de marihuana; y era eso lo que hacía la noche que vio a Gabriel deambulando entre los túneles del viejo alcantarillado. Una ocasión estupenda para hacerse a unos cuantos pesos para más vicio.

Al día siguiente, Gabriel despertó amnésico y con un fuerte dolor de cabeza. Siempre le dijeron que el responsable de la contusión era el fantasma. Una entidad sobrenatural que decían recorría aquellos pasillos subterráneos y por el que nadie se atrevía a cruzarlos. La curación corrió por cuenta del café aplicado a manera de ungüento sobre la herida. Al tercer día, ya recorría las calles con Bola e' mugre.

El trato, según lo había trazado el Frijol para todos, era que después de cada jornada y de darle a él su parte, se repartirían mitad y mitad entre las parejas de labores. Bola e' mugre, sin embargo, no le había dado un peso a Gabriel con la excusa de que tenía que pagar la novatada. Se inventaba multas para no tener que darle nada y lo amedrantaba por cualquier cosa con la amenaza de reabrirle la herida en la cabeza si no le hacía caso.

—¡Muñecón, ponte pilas, que es pa' hoy!

Gabriel se refugiaba en las canciones que tarareaba a pleno pulmón para pasar por alto el mal trato de aquel sujeto. No sabía cómo había llegado allí, se forzó a creer la versión de que siempre hizo parte del grupo de recicladores y de que su padre había sido asesinado por el fundador del gremio. Quizá no se acordase de nada, pero sabía que Bola e' mugre se pasaba de listo para quedarse con lo suyo.

—Hola Bola e' mugre —lo saludó la Cara e' paleta.

—¡Habla Cara e' paleta! No tienes buena cara, pero tienes buen culo y teta —se burló Bola e' mugre.
—Siempre tan poeta, hijueputa.
—¿Quién es tu amigo? —le preguntó la Vergaja.
—Yo no tengo amigos.
—Entonces, ¿quién es ese bombonsote? —preguntó Cara e' paleta.
—Por qué, ¿te lo quieres comé?
Ante las malas maneras de Bola 'e mugre, las mujeres se le acercaron a Gabriel.
—Mi amor, ¿cómo te llamas? Yo soy Yesenia y mi amiga es Maritza.
—¡Ajoooo! —se burló Bola e' mugre—. ¡Vas a hablá! Ustedes son Cara e' paleta y la Vergaja.
—No me acuerdo de mi nombre, me dicen Muñecón —dijo Gabriel.
—En verdad lo eres —se relamió la Vergaja.
Los arrumacos de las mujeres le cayeron mal a Bola e' mugre, que empezó a decir improperios para que los dejaran trabajar. En su momento, ambas habían sido sus amantes.
—Muñecón, no te dejes tumbar de Bola e' mugre.
—Ese es una rata —completó la Vergaja.
—No sean sapas, él tiene que pagar la novatada.
Las mujeres le reclamaban a gritos el abuso que cometía, cuando Gabriel dejó de rebuscar en la basura y se levantó para reclamar su parte.
—Sí, tú hoy me tienes que dar plata Bola e' mugre.
—No te voy a dar nada. ¡Haz lo que quieras! —vociferó sacando un garrote.

360°

www.360grados.com

| VILLA RICA | EDICIÓN | COLONIA DEL SUR | POLÍTICA |
| JUDICIAL | MUNDO | DEPORTES | ECONOMÍA |

No hay cama para tanta gente

"Con el arribo a Villa Rica de las representaciones de Francia, España e Inglaterra durante el día de ayer, solo falta la agencia de los Estados Unidos para completar la coalición antiterrorista. Se han obtenido excelentes resultados al unir esfuerzos a la caza de revolucionarios en todas partes del mundo. Esta vez, el objetivo son Los 7.

Desde que se hizo pública dicha misión, multitudinarias manifestaciones se han generado en el orbe en favor de Los 7. Es un contrasentido que lo que para los gobiernos resulta desestabilizador, para la gente son graciosos actos de justicia. «La ridiculización de poderosos como capitalizador de rating es de siempre, pero las actividades de estas nuevas versiones de Robin Hood atentan contra el bien moral y constitucional de muchas familias», dijo el embajador norteamericano John Cyrus.

En La Colonia del Sur, las opiniones también inclinan la balanza a su favor. No hay cama para tanta gente, es la frase de moda entre los coloniales que consideran una intromisión el arribo de tantas delegaciones militares del primer mundo.

El rumor sobre la rivalidad por el liderazgo en las acciones de búsqueda es cada día mayor. Ni siquiera hay acuerdo en… (Sigue página 4).

CAPÍTULO 19

Lola entreabrió los ojos y reconoció el olor de la sangre: le dolía todo. Recordar lo que había pasado la noche anterior la despertó angustiada. No entendía cómo había llegado hasta su alcoba, debería estar muerta.

—Por fin despertó —dijo Ricardo, que portaba un frasco en la mano.

La sorpresa de Lola fue tanta como su indignación. Quiso incorporarse, pero un fuerte dolor en el costado derecho la hizo desistir.

—No se mueva, tiene dos costillas fracturadas.

—¿Qué me pasó?

—Los hombres de Licantro...

—Sí, estuve allí —dijo con voz dolida mientras buscaba debajo de la almohada.

—Si busca su arma, yo la guardé.

—¡Eso es un delito! —replicó esculcando bajo las sábanas—. ¿Por qué estoy desnuda? ¿Dónde está mi ropa?

—Espere un momento, cálmese. Tuve que quitarle la ropa, estaba untada de sangre.

Estiró la mano para agarrarlo, pero el dolor la dobló.

—Cálmese. Si no fuera por mí estaría muerta.

Lola exhalaba una y otra vez para calmar el tormento. Rezongó unos segundos con la mano en alto hasta que por fin le salió la pregunta.

—¿Y Gabriel?

—Lo siento, lo más seguro es que esté muerto.

Lola no supo qué decir.

—¿Me permite? —le dijo Ricardo sentándose en la cama—. Debo curarla.

—¡No vuelva a tocarme!

Se fijó en sus manos, estaban heridas por una quemadura que se extendía por debajo de la camisa manga larga.

—Piénselo, agente Fuentes; de haber querido, la habría matado.

Ella intentó reacomodarse en la cama para detenerlo, pero, finalmente, en vista de que en verdad necesitaba ser curada, aceptó a regañadientes con la condición de que no le dirigiese la palabra. Recomendación que él pasó por alto.

—Qué buena casa tiene.

—No es mía.

—¿Y el Mustang?

—¿Qué le importa?

Lola fue criada por una tía adinerada, dueña de esa y de muchas casas más. A la muerte de sus padres, tía Lila, la hermana del papá, se hizo cargo de ella desde los siete años. Creció rodeada de un lujo al que poco tuvo acceso. Era una especie de muchacha del servicio con algunos beneficios familiares. El trato despótico de sus primos Pipe y Alejandra, le dejó en claro desde el principio que no era más que una arrimada a la que acuñaban toda suerte de defectos y malos augurios. Acostumbró a ser deslucida delante de los amigos de sus familiares. Pero la cosa cambió cuando entró a la pubertad. Entonces, las amigas de Alejandra la envidiaban y los compañeros de Pipe la anhelaban. Anhelos a los que también sucumbió el tío René, que en más de una ocasión intentó abusarla.

—¡Cuidado, estúpido!

—¡Perdón! —se disculpó Ricardo al regar en la cama parte del ungüento antiséptico.

—No me explico cómo el hombre más buscado del país puede ser tan torpe.

—Buena observación —sonrió Ricardo con la mano en la barbi-

lla— lo tendré en cuenta en mi defensa.
—¡Oiga, cuidado, eso arde!
—Quién diría que fuera tan cobarde.
—No se pase, Batachanga; ya termine con eso.
Lola no era buena para agradecer.
—Necesito levantarme de aquí, debo ir a buscar a Gabriel. —De nuevo intentó levantarse y el dolor en las costillas la dobló.
Ricardo salió de la habitación y regresó con un vaso de agua.
—Tómese estos calmantes.
Lola aceptó de mala gana.
—Parece una niña chiquita.
La comparación le causó gracia y la remontó a su niñez. Era cierto, siempre fue de pataletas; voluntariosa le decía su difunta madre. La tía Lila fue por otro camino, la sentenció a pasar trabajo durante su vida por cabeza dura. Hasta Batachanga, con todo lo delincuente que era, de seguro tuvo una niñez mejor que la suya.
—Bueno, ahora sí, hablemos —le dijo Ricardo arrimando una silla al borde de la cama.
Lola enarcó las cejas.
—Necesitamos ayudarnos. Usted está suspendida. Hay quienes quieren matarla y es posible que su compañero esté muerto y...
—¿A dónde quiere llegar con todo esto, Batachanga? Ni por equivocación piense que...
—Por favor, espere. Déjeme explicarle. Necesito rescatar a Eva de la Cruz...
—¡Eva!
—¿Perdón?
—Dijo Eva.
—No, no, de seguro escuchó mal.
Dijo eso para salir del paso, pero él sabía que debía haberse equivocado. No había manera de que ella hubiese mencionado ese nombre. No sin abrirle la cabeza y meterse en sus pensamientos.
—El asunto es que, si usted me ayuda a encontrar a Zoe, a Zoe de la Cruz... Si me ayuda, yo le ayudaré a buscar a su compañero.
Lola quiso interrumpir, pero él la detuvo con la mano en alto.
—Estoy seguro de que hay varios infiltrados en la Fiscalía.
—¡No sea imbécil, Batachanga! ¿Qué le hace pensar que yo haría

tratos con un delincuente de su calaña?

—Yo podría ser su salvación. Si tengo razón, tan pronto sepan que está viva vendrán a matarla.

—Eso quisiera usted.

—Piénselo, yo le ayudo a recuperarse y a cambio me deja refugiarme aquí.

—Ni muerta.

En aquel momento se escucharon ruidos en la entrada, Ricardo se asomó por una rendija de la ventana y le hizo señas de guardar silencio.

—Es el GOES.

Lola intentó gritar, pero Ricardo le tapó la boca.

Tocaron la puerta gritando su nombre, las palabras de Ricardo la hicieron dudar.

—¿Hay un sitio de la casa donde nos podamos esconder?

Ella asintió de mala gana; en la puerta insistían por su nombre.

—¡Es ahora! —le susurró él.

Al principio quiso resistirse, pero ante la inminente entrada del grupo antiterrorista, debió aceptar que la cargara en brazos. Justo entonces, escucharon al comandante del escuadrón.

—¡Vamos, derriben la puerta!

360°

www.360grados.com

VILLA RICA | **EDICIÓN** | **COLONIA DEL SUR** | **POLÍTICA**
JUDICIAL | **MUNDO** | **DEPORTES** | **ECONOMÍA**

Una moda de pelos

Es solo una calva casualidad», dijo entre risas el papa a propósito de una foto con los presidentes del G8 en la que todos están rapados. El comentario que ya es tendencia en las redes sociales coincide con la moda de los pelones a nivel mundial. Pero todo parece indicar que no se trata de ninguna coincidencia. Se especula que pudiera ser debido a las consecuencias del juego de video La guerra soñada. La negativa de la agencia de prensa encargada de defender a los presidentes cuestionados no logra convencer a nadie. «Ellos tratan de hacer creer que el virus Oniria A-1 es una patraña de Los 7 para reprimir cualquier brote de pánico», dijo una representante de Green Peace que ha optado por el anonimato.

Como quiera que sea, la demanda por raparse aumenta en un setenta por ciento en el mundo entero. «No sabemos qué mosca les picó a estos líderes mundiales, quizás estén pagando algún tipo de penitencia. Lo cierto es que deberían tener en cuenta los comportamientos que asumen dado que el mundo imita su ejemplo», opinó un portavoz de la ONU. (Sigue página 3).

CAPÍTULO 20

—¡Suéltenlo! —ordenó Frijol a dos de sus secuaces que sujetaban a Gabriel—. Habla Muñecón, ¿qué pasó con Bola e' mugre?

Los hombres obedecieron de mala gana.

—Lo que te dije Frijol, me quiso golpear con un garrote, se lo quité y le di con él.

Pero fue la Vergaja quien le dio un trancazo a Bola e' mugre.

—¿Dónde están sus pertenencias?

—Bola e' mugre guardaba con celo el saco de fique donde tenía sus cosas personales.

—No sé. Yo lo monté en la carretilla y lo traje para acá enseguida. No he cogido nada.

Ninguno se dio cuenta que cuando la Vergaja agarró al garrote para golpear a Bola e' mugre, Cara e' paleta aprovechó para sacar el talego de la carretilla y lo escondió entre unos matorrales.

A una señal de Frijol, los dos hombres aprehendieron otra vez a Gabriel.

—Quiero que me digas dónde está el talego de Bola e' mugre —le advirtió propinándole dos golpes en la cara.

Gabriel sacudió la cabeza, lo enfrentó con la mirada y escupió sangre.

—Conmigo no te las des de duro Muñecón.

Alzó la mano para volverle a pegar, pero Gabriel se apoyó en quienes lo sujetaban y le asestó una patada en la cara que lo derribó. Con el mismo impulso zarandeó a los compinches hasta liberarse.

Lo que siguió mientras Frijol se reponía en el suelo, fue la golpiza que Muñecón le propinó al par de bribones. Adiestrado en las artes marciales desde joven, con dos tres golpes Gabriel se deshacía del uno hasta que se levantaba el otro. Una secuencia que en poco más de un minuto los dejó privados en el piso.

—Y a ti —le dijo a Frijol levantándolo de un tirón—, que te quede claro, yo no tengo ningún talego.

Muñecón salió del salón burrero, como llamaban aquella oficina, tirándolo al suelo otra vez de un empujón.

—¡Te voy a matar, maldito! —le gritó Frijol besando la cruz que formó con sus dedos.

*****

La Vergaja y Cara e' paleta celebraban entre risas por el botín robado de la carretilla de Bola e' mugre. El festejo era doble porque además culparían a Muñecón. Un millón de pesos metido en una lata envuelta en una camiseta mugrosa dentro del talego era lo que dilataba sus risas. La emoción al calcular cuántas papeletas de bazuco y botellas de ron barato podrían comprar era como si se hubiesen ganado la lotería.

—Lástima el Muñecón, pero alguien tiene que pagar —se burlaba la Vergaja, mientras contaba el dinero que le había tocado.

Cara e' paleta extrajo otra caja de madera en la cual había relojes, cadenas y anillos de oro. La Vergaja, emocionada por el descubrimiento, empezó a bailar alocadamente.

—No podemos dar boleta —advirtió Cara e' paleta—. Como nos vean gastando plata a lo loco, se la pillan.

—Compramos el vicio regaíto en varias partes y guardamos las prendas pa' cuando se acabe el billete.

Cara e' paleta siguió esculcando el talego apilando a un lado lo que consideraban inservible, ropa, fotos y demás. Lo de valor lo fue metiendo en un saco. Habían tenido la prevención de esconderse en lo último del basurero donde no llegaba nadie.

—Aquí ya no queda nada —dijo Cara e' paleta con la intención de rellenar el talego con lo inservible y dejarlo tirado allí, pero notó que algo quedaba en el fondo—. Aquí quedan dos libretas.

Cara e' paleta hojeó con desdén uno de los cuadernos, su actitud cambio al ver el contenido.

—Esto es oro en polvo.

—¡Oro en polvo! —exclamó el Pecueca con una pistola en la mano, apareciendo de detrás de unos tanques plásticos con desechos de hospital—. Ahora, suelten todo y lárguense.

El Pecueca estaba defecando detrás de los tanques cuando oyó a las dos mujeres que llegaron riéndose.

—No te vamos a dar nada, Pecueca, así que ábrete.

—¿Ah, no? ¿Qué tal si Cara e' mugre se entera que le robaron?

La Vergaja quiso discutir, pero la otra la detuvo.

—Está bien, lo partiremos en tres.

—No. Lo quiero todo.

—Pecueca, por favor.

Cara e' paleta pretendía negociar, dándole tiempo a la Vergaja para que sacara un revólver de su bolsillo. Pero el Pecueca se adelantó y le disparó en la frente y en el vientre a su amiga. Les arrebató el botín. Ni siquiera se molestó en hojear las libretas, puesto que tampoco sabía leer.

Las tiró en el saco y miró a Cara e' paleta que por reflejo puso las manos al lado de su cara en muestra de rendición.

—¡Hey, Pecueca, no me m...!

No alcanzó a terminar la rogativa, un tiro certero en el pecho le apagó la vida en el acto.

—¡Y encesta! —celebró el malandro soplando el cañón del arma con pose de James Bond.

Miró a todos lados pavoneándose, sacando el pecho flaco de un niño de diez años, inflando las costillas y sacudiendo las piernas como un muñeco de alambre.

Aún con la pistola en la mano se echó el saco al hombro, y cuando quiso dar el primer paso para escabullirse del lugar de los hechos notó el pataleo de la Vergaja que respiraba con dificultad, pitando como cafetera vieja. Se acercó sonriendo y sin pensarlo por un segundo la remató con dos plomazos más.

—No me gusta que sufran —balbuceó entre risas.

La risa se le agotó cuando vio a un hombre a lo lejos corriendo hacia él, gritando maldiciones. Nuevamente, alzó el revolver y disparó hasta quedar sin municiones.

360°

www.360grados.com

| VILLA RICA | EDICIÓN | COLONIA DEL SUR | POLÍTICA |
| JUDICIAL | MUNDO | DEPORTES | ECONOMÍA |

Los drones en contra

Hace tres noches se vivió una situación de riesgo a causa del descontrol de los sistemas de drones de tres importantes agencias de seguridad. Aunque en Villa Rica no se tuvo conocimiento alguno del impase, la seguridad mundial tambaleó cuando, por vía aérea, los campamentos de Francia, Estados Unidos y Rusia se atacaron los unos a los otros indiscriminadamente. Una vez más, el suceso parece tener el sello del grupo terrorista de Los 7.

La noticia ha trascendido a los medios por comunicación expresa del grupo terrorista, ya que las agencias de seguridad se han negado a aceptar el hecho. Sin embargo, las evidencias se encuentran regadas por las redes sociales en videos y fotos que muestran los destrozos causados y las incomodidades de los militares perseguidos, acosados y vulnerados por sus propias armas. (Sigue página 3).

CAPÍTULO 21

El Grupo Especial de Operaciones registró durante una hora la casa de la agente Fuentes y no halló indicios de nada. Ricardo limpió y almacenó los restos de curaciones y medicamentos en un morral, y al momento de escapar se llevó todo. Los oficiales se fueron convencidos de que la fiscal no había estado allí en al menos cuarenta y ocho horas; lo que un simple análisis con luminol habría refutado.

—¿Nada? —preguntó Lola a Ricardo que intentaba destrabar la entrada del escondite—. Necesito ir al baño.

El escondite estaba en el patio, debajo del jardín. Una portezuela retráctil daba acceso a la escalera de cemento de una especie de sótano, que al cerrarse por dentro volvía a acomodarse entre un conjunto de pesadas poteras. El refugio fue construido por un coronel retirado del ejército al que el tío René le compró la casa poco antes de morir. Al parecer los mecanismos oxidados por la falta de uso, atrancaron la salida de Lola y Ricardo.

—¡Rápido, me estoy orinando! —insistió Lola.

—Orine en algún rincón —le dijo Ricardo por salir del paso, mientras empujaba la puerta con un listón de madera.

—Si me pudiera mover.

—Ah, perdón; lo había olvidado.

Ricardo, de dos saltos descendió de la escalera y se arrimó a la mesa sobre la que la había acostado. Antes de levantarla observó todas las posibilidades.

—Creo que tendremos que hacer uso del tanque ese que está allá.
—¡Tanque! ¿Tendremos?
—Agente, esto es momentáneo, por favor —dijo tomándola en brazos.
—¡No, no, no, no! ¡Esto no me puede estar pasando!

Con las incomodidades por el dolor y el desagrado de tener que hacer contacto con aquellos trastos sucios encerrados tanto tiempo, Ricardo la dejó sentada y se fue hasta la escalera para dejarla a solas y continuar en la tarea de abrir el portillo.

—¡Una cucaracha! —gritó Lola a punto de caerse.

En ese momento, Ricardo pudo descorrer el mecanismo retráctil.

Luego de volver a la casa y de haberla acostado en la cama, él dijo que le prepararía algo de comer.

—¡Lo único que hay son huevos! —gritó desde la cocina.

Lola, pensando en Gabriel, ni se percató de lo que le decía. No podía imaginar que estuviese muerto, desearía haber corrido la misma suerte, pero ahora ni siquiera podía llorar porque el desconsuelo le punzaba las costillas. Se limitó a sollozar mientras recordaba las discusiones, las muchas anécdotas y la cita que no llegaron a tener. El olor de los huevos en la cocina le revolvió más las nostalgias evocando los desayunos con sus padres. Estaba muy pequeña, y aunque la tía Lili siempre dijo que era imposible que se acordara, esos recuerdos eran los más fijos en su mente. Se disparaban de tanto en tanto con una sensación, un paisaje, una foto o, como esta vez, con un aroma que le arrugaba el corazón. Nació para estar sola, sin padres, sin Gabriel, sin nadie: sola con sus recuerdos. Disimuladamente se secó las lágrimas cuando Ricardo entró con una bandeja.

—Hice lo que pude. Esta es una nueva versión de huevos a la Batachanga.
—Se ve bien —comentó Lola, que sintió que se le despertaba el hambre.
—¡Eh, eh, eh! Primero debo presentar mis platos.
—¡Oh, sí claro! —aceptó Lola con una sonrisa—. Adelante.
—Como dije antes, se trata de una nueva receta de huevos a la

Batachanga con trozos de papa, pimentón, tomate, cebolla y especias; dos rodajas de pan viejo calentados al vapor con aceite de oliva y ajo y una humeante taza de chocolate cuya fecha de expedición es un misterio. Ahora sí, madame, bon appetit.

A Lola le causó gracia, pero sonrió a medias para no hacer más concesiones a aquel forajido que casi la tenía secuestrada. Sin embargo, al probar el primer bocado no pudo evitar exhalar de satisfacción. Recordó que el tío René le decía que era caballo de buena boca, y comió con avidez olvidándose de que Ricardo la observaba.

—Vaya. Te visto, pero no te mantengo, eh.

Ella quiso reír, pero le dolieron las costillas.

—Me volvió el alma al cuerpo —bufó de satisfacción al sorber el resto de chocolate.

Ricardo regresó de la cocina al oírla.

—Ha salvado una vida Batachanga. Por esto le podrían quitar diez años de cárcel.

—Muchas gracias, me alegra...

—Sí, ya solo tendrá que pagar dos cadenas perpetuas.

Cuando Ricardo recogió la bandeja, ella lo notó raro.

—¿Qué, acaso ha estado llorando?

Ricardo esbozó una sonrisa y se fue a la cocina a poner todo en orden. Cuando regresó la actitud de Lola había cambiado.

—No se me vuelva a acercar Batachanga, ¿qué le puso a la comida? Usted es el Puzle; seguro me va a matar para descuartizarme...

«Quizás. De Adán y Eva no se supo más», pensó sosteniendo una risa mecánica. Su propia conciencia lo culpaba de día y de noche con un coro infinito de voces, quizás era cierto y fue él, un paciente siquiátrico, quien dio cuenta de ellos. «A lo mejor no los encuentran porque también los descuarticé», concluyeron sus pensamientos con una exhalación ruidosa que le apretó los dientes.

—Ahora la que dice idioteces es usted, ya lo habría hecho.

Esas palabras, aunque lógicas, no lograban calmarla.

—Entonces, ¿por qué me ayuda?, ¿qué quiere de mí?

—Ahora mismo nada, solo que me deje permanecer aquí.

—No entiendo. No le sirvo de nada, nunca le ayudaré a...

Lola sentía la lengua agarrotada.

—A mí lo único que me interesa es rescatar a Zoe y comprobar mi inocencia.

—Batachanga, ¿qué me echó en la comida?

—Agente Fuentes, descanse en paz —le respondió Ricardo riéndose extrañamente, al tiempo que parecía que le echaba algo con la mano.

—Muerta... Zoe está... —De golpe se alzó llevándose las manos al cuello como si quisiera vomitar, con los ojos despepitados y las venas inflamadas. Cinco segundos después, con el mismo ímpetu se le aflojó el cuerpo y se derrumbó sobre la cama.

360°

www.360grados.com

| VILLA RICA | EDICIÓN | COLONIA DEL SUR | POLÍTICA |
| JUDICIAL | MUNDO | DEPORTES | ECONOMÍA |

La Deep Web

Ya se sabe que La guerra soñada, el juego de video con que fueron infectadas las vidas oníricas de los principales mandatarios del mundo, pone en riesgo la seguridad y libre autodeterminación de la humanidad. Pero la gravedad del asunto es catastrófica si la cifra de los presidentes contagiados asciende a más de cien.

La información la ratificó la World Hackers Organization al informar que, en efecto, los ciento cincuenta y tres mandatarios que acudieron a la Cumbre de los Pueblos en Villa Rica han sido contagiados con el virus Oniria A-1. Según la opinión de los expertos el virus podría desencriptar la memoria, incluso acceder a la intimidad de los recuerdos.

De ser así, no solo se trata de vulnerar la privacidad, y de poner en riesgo la estabilidad mundial, sino del vuelco radical al que se expone el mundo. Tal tecnología puede hacer de los recuerdos objetivo militar y la subasta de ellos causar conflagraciones. (Sigue página 3).

CAPÍTULO 22

Zoe despertó en el piso de una habitación alumbrada por un foco en la mitad del techo. Lucía escuálida, sucia. Su rostro demacrado con ojeras profundas indicaba señales de maltrato. Se levantó cuidando cada movimiento para no resentir su espalda. La noche que fue rescatada por aquel hombre, del que ni siquiera pudo ver su rostro, fue torturada por Licantro y por Fabricio Montaner, a quien todos daban por muerto.

En aquella ocasión, la despertaron amarrada a una silla en una mazmorra de la que pensó que nunca saldría con vida. Al principio no entendía lo que pasaba. Veía borroso, escuchaba el eco de risas y de amenazas girando en el carrusel en que vagaba su mente, hasta que entendió que estaba bajo las garras de Licantro. A Fabricio lo distinguió cuando empezó a golpearla para que revelara el paradero de Ricardo. Las llamas en una chimenea detrás de sus captores se multiplicaban en el lustroso metal de las paredes. Era como el infierno con que su padre la amenazó desde siempre. Un aterrador escenario que a falta de uno tenía dos diablos, y otros dos rufianes encargados de ejecutar el trabajo sucio.

—¡Suéltala, Mico lindo! —ordenó Fabricio.

—La vamos a marcar —completó Licantro, burlándose.

—¡Chirrete, ayúdalo!

Después de desamarrarla le rasgaron la blusa, la sujetaron por los brazos y la obligaron a arrodillarse. Zoe, socavada por la escopolamina, no tenía voluntad para defenderse. Fabricio y Licantro decidieron a cara o cruz quien tendría los honores de marcarla. La suerte favoreció a Fabricio. Extrajo del horno un hierro al rojo vivo para sellar al ganado.

—¡Sosténganla fuerte!

Entonces, lo presionó sobre su espalda, riéndose por sus gritos. El olor a carne chamuscada le transformó el rostro. Separó el hierro humeando por las trazas de piel que le quedaron incrustadas. Cuando Zoe se privó del dolor la soltaron en el piso con el tatuaje de tres seises en carne viva que le ocupaba media espalda.

Al reaccionar, el dolor era tanto que clamaba porque la mataran. No sabía cuánto tiempo había pasado. Licantro y Fabricio seguían allí, pero ahora discutían.

—Quiero que me entregues los libros —exigió Licantro a Fabricio.

—Mientras yo los tenga, están en buenas manos.

—No estoy seguro, prefiero que estén conmigo.

—¿A qué le temes? No somos iguales.

—¿A qué te refieres?

—A qué te atreviste a meterte con mi amante...

—¿Yo? Ella me buscó a mí —se jactó Licantro al tiempo que hacía señas a sus hombres para que lo sujetaran.

Sonó un disparo y Mico lindo cayó con una perforación en el pecho.

—El otro te lo pego a ti —amenazó Fabricio a Licantro apuntándole a la cabeza—. Ahora me voy, más vale que te quedes quieto.

Sin dejar de apuntarle, se aproximó a la puerta.

—¡Tira la llave Chirrete o te doy tu plomazo!

El malandrín miró a Licantro antes de lanzarle la llave a Fabricio.

—Lo olvidaba, denme los celulares.

Esperó a que Chirrete recogiera los celulares y se los entregara en la mano uno por uno para guardarlos en sus bolsillos, luego le disparó a quemarropa en la cabeza.

—Que lo disfrutes —le dijo a Licantro antes de volverse para dispararle a Zoe y de escapar tirando tras de sí el pesado portón.

Zoe se libró de milagro. El disparo solo la rozó, pero no estaba a salvo. Estaba encerrada con su verdugo, el mismo que arrastró a sus dos sirvientes muertos hasta un horno gigante y los lanzó sin un ápice de remordimiento. Ella fingió estar inconsciente durante dos días, hasta que él amenazó con lanzarla al horno.

La noche anterior había notado que él sufría pesadillas y farfullaba quejas sobre un supuesto juego. Sobre voces lejanas que, atravesando el vaporoso cortinaje de sus recuerdos, le susurraban sobre una epidemia mundial. Pero sus pensamientos no se sostenían, iban de un lado a otro sin control. Balbuceaba recitando temores viejos. Algunos de los cuales, como en un diagrama de Venn, lo conectaban a ella. Un delirio común que transfiguraba a Ricardo en el pastor Agüero, en su madre, en su hermana Débora y en muchos otros. Una alucinación que los envolvía a ambos. Ella lloraba y reía aguijoneada por las nostalgias, seducida por la locura a la que al parecer quería abandonarse. Lo único que la animaba a seguir era su amor por Ricardo. Nunca había amado así. Tampoco nunca se había sentido amada. Tenía la seguridad de que iba a morir, y lamentaba no estar con él.

Licantro la levantó del piso y la amarró a la silla para que no se derrumbara. Era consciente de su mal estado, pero necesitaba verla de frente.

—¿Quién diría que tú y yo estaríamos solos en una habitación?

Zoe no podía sostener la cabeza en alto.

—No te preocupes, no tienes que decir nada. Como siempre, soy yo el que tiene que hablar. Aunque al final, también por ello tendré que matarte.

Y lo intentó. Después de desahogarse contándole sus mil y un pecados no podía dejarla vivir. Pero sucedió algo extraño.

La agarró por el cabello para pegarle un tiro y antes de disparar, su mirada tropezó con sus ojos. En ellos vio reflejado al enemigo de sus sueños y quedó subyugado; quería odiarla y no podía. Su luz derribaba las oscuras murallas tras las que se refugió siempre. Se tumbó de rodillas abrazado a su regazo a llorar como un niño, musitando entre sollozos que debía vencer a su enemigo.

Aquello fue lo último que recordó Zoe de aquel momento, lo siguiente era que viajaba en una moto abrazada a un tipo al que no conocía.

Todo le resultaba borroso. Sus recuerdos empañados como por un vidrio lluvioso. Sin embargo, sabía que había estado presa en la casa de Licantro Seca. En ese momento, en cambio, no tenía ni idea de en dónde estaba. Era una habitación roja de siete por tres metros con paredes que admitían los sonidos de afuera. Escuchar lo que pasaba o se decía del otro lado la desconcertaba.

Infería por las conversaciones de los guardias que las celdas estaban alineadas en pisos distintos, discriminadas de acuerdo con los prisioneros y a los tormentos que les infringían. Sufrimientos que exponían al límite sus corduras en un juego de sombras y espejos en que terminaban sin saber quiénes eran en verdad.

—¡Zoe de la Cruz! —oyó que preguntaban del otro lado de la puerta.

—¡Soy yo! —respondió temerosa.

—¡Es su turno!

360°

www.360grados.com

VILLA RICA · EDICIÓN · COLONIA DEL SUR · POLÍTICA · JUDICIAL · MUNDO · DEPORTES · ECONOMÍA

¿Los tatuajes de la paz?

Asombro provoca el comportamiento desproporcionado de los mandatarios del primer mundo. Una cosa fue raparse la cabeza como un gesto de paz, pero los tatuajes que se han practicado y han hecho públicos en las redes sociales sobrepasa los límites.

«Estos son los resultados del juego al que han sido sometidos por los terroristas. Aceptémoslo, los mandatarios son manipulados y su cordura en este momento es cuestionable», opinó el Premio Nobel de la Paz, Elías Argüello, ante lo que considera un atropello humanitario.

Qué otra explicación podría tener que el presidente ruso haya marcado su derriere con el rostro de su homólogo norteamericano, que este a su vez se tatuara al norcoreano en el brazo derecho; el iraní al de Israel, y así sucesivamente cada uno de los mandatarios 'secuestrados' con el rostro de su máximo oponente Aún peor, el papa que tiene un collage de varios de ellos entre pecho y espalda.

Como si esto fuera poco, los terroristas han anunciado que en una semana el mundo entero tendrá acceso a este demoniaco juego en las plataformas de Internet. (Sigue página 8).

CAPÍTULO 23

A simple vista se trataba de un cura barbudo y una monja recorriendo las calles del norte de Villa Rica. En realidad, eran Ricardo y Lola disfrazados para eludir los puntos de vigilancia del ejército regados por toda la ciudad para capturarlo a él. A pesar de las recomendaciones de ella, Ricardo decidió ir a la casa de Margarita Letré a rescatar los libros que aseguraba lo exonerarían de toda culpa. Un acto de infinita terquedad que tuvo contrapeso en la renuente determinación de Lola por acompañarlo.

Apenas cinco días después de haberse fracturado dos costillas, ella caminaba por las calles en una misión inconcebible al lado del hombre más buscado del país, el mismo que tantos percances les había traído y por el que seguramente estaba en tales condiciones. Sin embargo, le debía el beneficio de la duda por haberla rescatado. Con un vendaje desde el nacimiento de los senos hasta el ombligo el dolor era mínimo, su vertiginosa recuperación era un milagro.

Dos noches antes tuvo un par de sueños hilvanados por las costuras de una misma pesadilla. El primero fue con Gabriel y su cadáver lanzado al mar en medio de ráfagas de metralla y explosiones. Brasas de fuego que ambientaron el segundo sueño, en el que al pie de una fogata Rebeca Camping, una mujer que había visto al lado de Margarita Letré en un reportaje de televisión, realizaba un ritual para sanarla a punta de ramalazos y ungüentos de hojas. En la mañana despertó vendada. El corazón le dolía por Gabriel y lo que le pudiera estar pasando.

Después de lo que Ricardo le contó sobre la persecución que padecía por parte de Licantro, ir donde Margarita Letré era un acto suicida. Ella fue amante suya y también de su padre, sin contar que era la esposa de Fabricio Montaner, un hombre al que se le relacionaba con innumerables delitos imposibles de comprobar. Él y sus secuaces querían muerto a Ricardo al creer que delataba sus cargamentos de droga. También sectas cristianas y satanistas apostaban por su cabeza. Pero aquella mañana, con su hábito de monja, Lola vio que ya no eran solamente narcotraficantes; organismos del estado; o fanáticos que lo consideraban el Juan Bautista del anticristo, era el mundo entero detrás del hombre que iba a su lado.

A media cuadra de la casa de la señora Letré, tuvieron que abortar la misión.

—¡El diablo no duerme! —exclamó Ricardo al divisar el carro de la curia que trasportaba al padre Maldonado.

—Se detuvo, ¿qué hacemos?

La primera intención fue correr, pero sin ni siquiera pronunciar palabra, decidieron enfrentarlo. Caminaron unos quince pasos hasta el auto. Él se arrimó a la ventanilla del pasajero, en tanto que ella le apuntaba con una pistola al conductor.

—Es un placer sentarme a su lado, monseñor.

—¡Déjate de estupideces, Batachanga! ¿Acaso vas a matarme?

Ricardo se limitó a sonreírle.

—¡Muévete! —le ordenó Lola al conductor desde la silla del copiloto—. Vamos a la capilla central.

—Quiero hacer una confesión —pronunció Ricardo, palmeando la pierna del cura, pero sin mirarlo a la cara.

—¿Qué me dirás? —preguntó Maldonado, apartando su mano—. ¿Cuántos has matado?

—Así es, señor cura —le respondió sin levantar la mirada—. Yo maté a Adán y a Eva.

Lola se carcajeo al oírlo.

—¿Qué te pasa estúpido? —Lo reprendió Maldonado mostrando los dientes como perro rabioso—. ¿Crees que esto es un juego?

Ricardo seguía con la cabeza gacha. Otra vez se carcajeo Lola, y Ricardo regresó la mano a la pierna del cura.

—No crean que se van a salir con la suya —gritó, al tiempo que apartó con fuerza la mano de su captor—. Dios les dará su merecido.

—Al parecer, es Dios quien quiere ayudarnos —se burló Ricardo.

—Amén, hermano Ricardo —confirmó Lola posando de santa Teresa.

—¿Usted quién es? Yo la he visto...

—Soy una enviada de Dios, ¡así que cállese!

360°

www.360grados.com

| VILLA RICA | EDICIÓN | COLONIA DEL SUR | POLÍTICA |
| JUDICIAL | MUNDO | DEPORTES | ECONOMÍA |

Siguen las repercusiones de La guerra soñada

«Lo que está pasando en el plano internacional era de esperarse. La guerra soñada es un juego estigmatizador, moralmente repulsivo y concebido para destruir», respondió Nereo Sinisterra, subsecretario de la OEA, a los duros pronunciamientos de una coalición de naciones del tercer mundo que aseguran sentirse menoscabadas por la prensa de los países participantes.

La declaración firmada por nueve países de la región reclama el respeto y la imparcialidad, cualquiera sea el escenario o los medios de expresión. «Esto es buscar la fiebre en las sábanas», dijo Sinisterra al señalar que el malentendido lo genera el sensacionalismo y la irresponsabilidad de ciertos medios.

«La batalla principal está en la mente de quienes padecen este pernicioso juego. Adentrarse en las fosas del inconsciente es abrir una caja de pandora», declaró el psiquiatra Sergeiv Osnosky, jefe del Centro de Estudios del Sueño, en Moscú.

Las opiniones van y vienen a diario. Se consolidan nuevas fronteras entre pueblos y se retoman viejas disputas. Esperemos que La guerra soñada tenga fin pronto, y no que del sueño y de los juegos pasemos a enfrentar la pesadilla de un conflicto internacional sin precedentes. (Sigue página. 6).

CAPÍTULO 24

A su arribo a la capilla central, Lola y Ricardo desaparecieron como si se los hubiese tragado la tierra. Los diarios hicieron burla del operativo conjunto de militares y policías por tierra y aire. De nada sirvió el aviso del padre Maldonado de que Batachanga tomaría su iglesia. Cuando entraron, encontraron al delator amarrado a una cruz en lo alto.

Del escarnio no se libraron tampoco las agencias de seguridad que llegaron a tierras coloniales con el fin de capturar a los enemigos de la democracia. La excusa fue que el gobierno colonial optó por el arresto de Batachanga, mientras ellos disponían la captura del grupo terrorista de Los 7.

Pero aquel día, la balanza se había inclinado a favor de los fugitivos. La ciudad amaneció sin luz ni agua. Los colegios cancelaron las clases, las empresas trabajaron la mitad de la jornada y la gente por las calles buscaba agua, protestando por los abusos de autoridad. Las reacciones por la muerte de dos menores en medio de los disturbios suscitaron el vehemente pronunciamiento de los defensores de derechos humanos a nivel internacional.

Ya para ese momento, el paradero de Ricardo y Lola era incierto. Las autoridades decretaron el toque de queda. A excepción de los periodistas, a quienes dieron un permiso especial, el resto de la población se mantenía en sus hogares.

—¡Identifíquense! —ordenó el recluta a la pareja de mujeres que viajaban en un carro viejo.

Las mujeres estiraron el cordel que sujetaba sus escarapelas de profesionales de la comunicación sin retirarlas de su cuello, señalando la cámara fotográfica, y otra de televisión en el asiento de atrás.

—¡Quítenselas! Las quiero ver de cerca.

Las periodistas se miraron sin decir nada y accedieron ante la insistencia del soldado.

—¡Apuren!

—Se me enredó con la correa de la cámara —se excusó la copiloto.

El llamado autoritario de un superior desconcentró al recluta.

—¡Circulen, circulen! —les ordenó, para atender los reclamos de su mayor.

En el auto, las mujeres resoplaron al tiempo.

—De la que nos libramos.

—Sobre todo yo –exclamó Ricardo, que portaba una peluca de Lola.

Sabía que no podían abusar de su suerte. La casa de Margarita Letré, al igual que la de Lola, estaba custodiada; quedarse en el carro tampoco sería una buena alternativa. Transitaban a la deriva en medio del caos vehicular sin decirse palabra; valorando en silencio sus posibilidades para no volver a discutir. Justo entonces, algo sucedió. Algo que hizo clic en su mente. Quizás por los desafíos de la situación o por algún detalle que no percibía a primera vista, una andanada de recuerdos irreconocibles iluminó los jardines de su corteza cerebral. Se vio tropezando con la agente Lola en la plaza de San Nicolás y robando su celular. No podía explicarlo, era él, pero no podía recordarlo. Caras, nombres y voces desfilaban ante los ojos de una memoria que parecía ajena: Adán, Eva, Nathifa, Noam, Choche, Inspectores de claraboyas, prostitutas chuecas. Un déjà vu confuso de sitios que casi podía tocar, un vecindario, el olor de callejones de una ciudad imprecisa, como un sueño hecho realidad, pero tan solo eso, un sueño. Sin embargo, cargado de motivaciones auténticas; de emociones que le provocaban un universo de sentimientos. Una novela con millones de historias dentro que se alzaban hacia el cielo como una torre de Babel, transcurriendo a sus espaldas, en puntillas para no despertarlo.

—¿Qué hacemos ahora? —inquirió Lola, aterrizándolo—. ¿Dónde nos metemos?

—¿Qué hacemos ahora? —repitió él sacudiendo la cabeza, incorporándose, intentando verse lo más normal posible.

—Necesitamos descansar —respondió Lola, cerrando los ojos al tiempo que bostezaba.

—¿Dónde nos metemos ahora?

—En la boca del lobo.

—¿De qué hablas?

Lola sonrío.

—¡Da la vuelta! Vamos al aeropuerto.

Eran las tres de la mañana y necesitaban descansar. Ricardo obedeció, aunque no tenía ni idea de lo que proponía la agente Fuentes.

En la mañana, los noticieros reportaron el hallazgo de dos periodistas a los que encontraron amarrados, sin escarapelas y sin cámaras.

360°

www.360grados.com

| VILLA RICA | EDICIÓN | COLONIA DEL SUR | POLÍTICA |
| JUDICIAL | MUNDO | DEPORTES | ECONOMÍA |

Un club de asesinos

Por decenas se cuentan los restos hallados en terrenos del club de Caza y Tiro. Gracias a las pesquisas de las autoridades fueron corroboradas las actividades sospechosas que se llevaban a cabo en ese lugar, del que aún no se sabe a quién pertenece realmente.

Las investigaciones señalan al desaparecido director del penal Julián Porras, de proporcionar el servicio de sicariato a las mafias de la región, permitiendo la salida de los reclusos a cumplir sus demandas. Al parecer, los cadáveres encontrados son de aquellos que no cumplieron con la actividad ilegal asignada o que simplemente eran requeridos para servir de presa en cacerías nocturnas de las que participaban exclusivos miembros del mencionado club.

La comunidad villariquense se haya consternada ante la situación de inseguridad en sus calles. Hoy por hoy, cada situación que se presenta es peor que la anterior. (Sigue página 4).

CAPÍTULO 25

—¡Despierte, agente Fuentes, despierte!
Lola reaccionó de golpe incorporándose en la silla.
—¿Qué pasa?
—El avión está en movimiento...
Lola no esperó a que terminara la frase. Caminó hasta la cortina que los separaba del área de cocina a verificar la situación. Los únicos que se encontraban allí eran los pilotos encerrados en la cabina. Alargó los pasos hasta la puerta y Ricardo la alcanzó con un extintor en las manos. Ella asintió e intentó explicarle con señas la estrategia a seguir, pero Ricardo no entendía nada, así que le arrebató el extintor y lo lanzó contra la puerta. El copiloto, pistola en mano, salió a ver qué pasaba. Al advertir el matafuegos en el piso guardó el arma y se agachó a recogerlo.
—Nada personal —susurró Lola, y lo derribó con otro extintor en la cabeza.
Para evitar sorpresas, le sacó el arma y le indicó a Ricardo que buscara la forma de amarrarlo. Al mismo tiempo, se acercó a la cabina apuntándole al piloto para que apagara el motor. Unos minutos más tarde, se bajaron uniformados como pilotos del Ejército del Aire Francés, anunciando que había una bomba en el Airbus A330-200. Cuando los agentes antibombas encontraron a los oficiales franceses

amarrados y en ropa interior, Lola y Ricardo se desplazaban por La calle 30 en un carro robado.

—Te digo que es mejor volver a la capilla central, nunca supondrán que estamos ahí.

—Pero el cura Maldonado...

—Hay una estancia detrás de la curia que nunca visitan.

Siguieron discutiendo sobre el mejor plan y ruta a seguir, pero las sirenas de patrullas de la policía, los camiones del ejército atestados de soldados que pasaban a su lado y helicópteros sobrevolando la ciudad, alteraron los planes.

—Acércate a esa carretilla —le señaló Ricardo.

—¿Al reciclador?, ¿para qué?

—Hazme caso.

Lola, recelosa, arrimó el auto a la carretilla. Ricardo asomó la cabeza esbozando una risa para disuadir al que la arreaba.

—Compa, ¿cómo estamos?

—Muy bien, patrón —respondió el tipo con cierta desconfianza.

—Te propongo un negocio.

—Píntela, que yo la coloreo.

El negocio era claro. Ricardo y su pareja le daban el carro, las chaquetas y gorras de pilotos franceses a cambió de que los escondiera en el fondo de la carretilla y los llevara hasta el callejón de los meaos al otro lado de la ciudad. El reciclador aceptó con un movimiento de cabeza. Debajo de los cartones y otros materiales reciclables, Lola y Ricardo tuvieron que compartir el espacio cubiertos por una manta que hedía a orín de caballo.

—Quédense ahí tranquilitos, ya viene el Muñecón a llevarse la máquina.

Cinco minutos después, Lola quería salir corriendo. Estaban acurrucados hombro con hombro y le fastidiaba tanta intimidad con un hombre sospechoso de ser un asesino múltiple. Se sentía olida, respirada, manoseada. Era compartir un mundo solo para ellos dos, bajo una frazada asquerosa. La idea le repugnaba. Lo miró directo a los ojos con el índice en alto, lo puso en su boca en señal de silencio y enseguida le señaló que mirara hacia el otro lado. Él obedeció sonriendo y ella respondió con un gruñido que le apretó los labios. Para evadir el incómodo momento, decidió pensar en Gabriel. Se forzó en sonreír recordando su flema de viudo fiel, las sensaciones que le negó la escopolamina al compartir su desnudez en el globo aerostático al que meses atrás los redujeron Los 7, la invitación a bailar a la que no pudieron acudir porque se desapareció. La congoja le apretó el pecho al recordar el sueño que tuvo con él, y debió secarse la lágrima que rodó por su mejilla.

Para Ricardo era preferible hablar, el silencio daba lugar a las voces del jurado en su interior determinando culpas y sentencias en su contra por desaparecer, ya no solo a Adán y a Eva, ahora también a Olaya. Al principio creyó que era alguna otra mujer del edén de sus fantasías, hasta que pudo deducir que era un barrio. Ya no era un simple matón, ni siquiera un vil descuartizador, ahora era un genocida con todas las letras. Aniquilaba barrios y, por qué no, de seguro también una ciudad completa.

—Ya llegó el jefe. No salgan —anunció el reciclador.

El ruido de una moto vieja con problemas de mofle los atormentaba al lado de la carretilla.

—¿Y ese carro de dónde salió Car'e muela?

La voz alertó a Lola que quiso asomarse y Car'e muela la retuvo palmeándole la cabeza.

—Jefe un negocio que...Después le contaré.

—¡Cuidado, una vaina!

Lola acució el oído para comprobar sus sospechas hasta que el carro y la moto dejaron de oírse. Bastaron unas cuantas preguntas al Car'e muela para despejar sus dudas: sí, inexplicablemente, el tal Muñecón era Gabriel.

Una hora larga duró el trayecto hasta el callejón de los meaos.

—Gracias, Cara'e muela —dijo Ricardo, mientras se bajaba con cierta dificultad, entumido por la incómoda posición.

—Todo bien —respondió relajadamente el reciclador—. Cuídense. Escóndanse rápido, los tienen en la nuca.

Lola y Ricardo asintieron, ratificando su agradecimiento por no delatarlos. El dinero de la recompensa por ellos dos era mucho y cualquier otro los habría vendido sin pensarlo dos veces.

—¡Todo Bien! —afirmó Car'e muela, echando a rodar la carretilla.

Al verlo salir del callejón, Lola siguió a Ricardo hacia el lado contrario. Le tocaba confiar en su juicio. Él lo había hecho la noche anterior al aceptar ir al aeropuerto sin saber exactamente a qué se arriesgaba. Jugar al caballo de Troya e instalarse en el corazón del enemigo era insensato, pero necesitaban descansar.

Lola se dedicó a la labor investigativa por gusto personal; además, tenía credenciales como piloto de la Escuela Militar de Aviación de La Colonia. Con eso y el ingenio de ambos, lograron adentrarse en suelo enemigo la noche anterior.

—Por aquí —dijo Ricardo evitando la luz de los postes.

Rodearon el manicomio de la Fe para volarse una paredilla lateral y llegar hasta el patio. Hacía mucho que Ricardo había descubierto una conexión subterránea entre el sótano de la iglesia pastoreada por el difunto Alberto Agüero y los terrenos de la capilla central. Lola no salía de su asombro ante aquellos pasajes, que la ponían a dudar sobre las intenciones del Puzle, como le decía a Ricardo cuando se molestaba con él.

Lo más difícil fue cortar la malla metálica que recubría la puerta. Una vez anulada la manivela de la cerradura, cedió a la primera. El pasadizo se escondía detrás de cachivaches e instrumentos musicales dañados. Ricardo creía que nadie, a excepción de él, sabía de su existencia. Al juzgar por los materiales, su construcción databa de al menos cien años. La mayor dificultad fue la falta de luz, así que avanzaron a tientas. Ricardo delató su fobia a las ratas resoplando a cada paso.

—¿Quién lo iba a pensar?
—¿Qué?
—Que el desmembrador de cadáveres les teme a las ratas.
—No soy ningún desmembrador.
—Pero cobarde sí.

La conversación los distrajo y cuando se quisieron dar cuenta, un hálito de luz se desprendía en la profundidad.

—¿Qué habrá detrás de esa luz?
—Hay un portillo que... ¡aghhh!
—¡Qué pasa!

Lola oyó el cuerpo de Ricardo caer. La única respuesta que recibió fue un golpe en la cabeza, que la dejó inconsciente.

360°

www.360grados.com

| VILLA RICA | EDICIÓN | COLONIA DEL SUR | POLÍTICA |
| JUDICIAL | MUNDO | DEPORTES | ECONOMÍA |

Amor a la francesa

Los medios de comunicación franceses han filtrado la noticia de que su primera dama estaría sosteniendo un romance con Samuel Díaz, un supuesto integrante del grupo de Los 7.

En este momento, el rechazo del pueblo francés a Amelie Fontaine es total. La mujer que una vez fue admirada por su buen juicio, hoy es deplorada con los peores señalamientos. «La infidelidad es lo de menos, pero que se haya metido justamente con uno de los terroristas que tiene secuestrada la mente del presidente es ilógico, además de peligroso», dijo un portavoz del gobierno francés que optó por el anonimato.

La primera dama no ha querido dar declaraciones y el ambiente en Palacio parece estar caldeado. (Sigue página 4).

CAPÍTULO 26

Se puso en marcha un operativo de búsqueda por parte de los recicladores en contra de Muñecón al día siguiente de la muerte del Pecueca. La motivación no era vengar su muerte, de la que más bien se alegraban, sino los quinientos mil pesos de recompensa. El motivador era el Frijol, que se enteró de que Muñecón era un agente de la Fiscalía. Y, lo más importante, tenía algo en su poder: oro en polvo.

Gabriel se refugiaba en los mismos túneles donde recibió el golpe en la cabeza que lo dejó amnésico. En pocos días, se transformó en una letal máquina humana de la que daban fe los pocos sobrevivientes que iban por él. Lo acusaban, además, de haber matado a Cara e' paleta, a la Vergaja y a Bola e' mugre. Este último, asesinado por el Frijol, que no estaba dispuesto a compartir una fortuna de la que ni siquiera tenía noción.

El temor doblegó la ambición de los recicladores, que se negaban a adentrarse en los oscuros laberintos donde el fugitivo era menos que una sombra. Quien se atrevía a permanecer en los predios del fantasma era digno de respeto. El Frijol dobló la recompensa. Y dos recicladores se arriesgaron, con el ron barato a la cabeza, y la idea de repartirse el dinero. Entraron al tiempo por un extremo de aquellos pasillos subterráneos para tomarlo por sorpresa. Una hora después, los encontraron a ambos con el cuello partido. Nadie más se atrevió a intentarlo, aunque se cuadruplicó la recompensa. Tanta importancia por un tipo al que nadie conocía generó suspicacias. Se regó la bola de que el próximo en caer sería el Frijol. Esto lo estresó al punto de que una noche murió atragantado por el humo de un cigarrillo.

Sin nadie que lo persiguiera, Muñecón volvió a la luz. Regresó como vencedor y lo proclamaron jefe. Los policías que rondaban la zona no se percataban de nada, la pulcritud de los recicladores para esconder sus fechorías era brillante. A las autoridades solo les interesaba mantenerlos a la vista, la manera en cómo se reestructuraba el grupo aniquilándose entre ellos poco les importaba. Fue así como empezó una nueva etapa bajo el mando del temible Muñecón.

Se rumoraba que poseía un tesoro escondido, pero ninguno imaginaba que se trataba de los cuadernos que él revisaba. Tampoco él comprendía el valor de aquellas anotaciones. Las examinaba porque algunos datos le traían imágenes de personas y situaciones que al parecer había conocido y vivido. ¿Qué tanto le podrían interesar las anotaciones de una psiquiatra o los oscuros acontecimientos descritos en un diario que parecía una historia de terror? Si no hubiese sido por las palabras del Pecueca, que a punto de morir se aferraba a ellos, los hubiera deshecho.

Aquel día, cuando lo vio dispararles a Cara e' paleta y a la Vergaja, él únicamente quería recuperar el talego de Bola e' mugre para entregarlo al Frijol. A pesar de que nunca las conoció realmente, lo indignó el desprecio por las vidas de aquellas infelices. Darle alcance al asesino no fue tan difícil. El Pecueca estaba minado por una tuberculosis avanzada que se agitaba de solo caminar. Cuando lo tuvo a la mano, temblaba por el esfuerzo y se resbaló en el barranco al final del basurero. Quedó guindando de una rama corta que salía de entre la roca. Sin embargo, como si diera por descontado que saldría vivo de aquella situación, no soltaba el saco.

—Pecueca, dame el talego —lo presionó Muñecón con la mano estirada—. Suéltalo, te vas a caer.

—Tómalo —accedió al verse sin fuerzas—. Pero iremos a partes iguales.

Muñecón no entendió a qué se refería si la bolsa de fique parecía estar vacía.

—¡Pilas, Pecueca!, ¡agarra mi mano!

El delincuente batallaba con el vértigo. Un sudor frío le atezaba la panza hasta el recto. Los suspiros, en vez de relajarlo, le engarrotaban las manos. Si soltaba la mano del borde del barranco para estirar el brazo y perdía el equilibrio no habría más Pecueca. Ese pensamiento le pulsaba los esfínteres. Las fuerzas menguaban. Sin más remedio, se jugó un último intento. Espernancando los ojos, se impulsó hacia arriba desesperado por la mano que lo esperaba y que alcanzó a rozar. La rama en que se apoyaba se partió y quedó a merced de la gravedad y del vacío.

—¡Los cuadernossss! —fue lo último que gritó mientras caía.

Sin entender nada, y lamentando su muerte, Muñecón sujetó los libros entre el pantalón por debajo de la camisa y se alejó.

Durante su muy corto reinado entre los recicladores, nunca abandonó las libretas. Era evidente que el oro en polvo debían ser los apuntes allí registrados. Tal vez contenían la combinación de una caja fuerte, un plano o el mapa para encontrar una guaca.

Un nuevo grupo de renegados resolvió darle de baja y quedarse con lo que allí hubiera.

La diligencia de Muñecón al frente del grupo no tenía reproche. Atendía cualquier asunto y las inquietudes generales sin dilación. Convocando esa presteza, lo condujeron hacia una trampa. Sirvieron de excusa unos cambuches de cartón que querían derribar, y que dividían las opiniones. Lo citaron al mediodía al final del botadero de basura. Diez minutos antes de lo acordado, como era su costumbre, estaba a las afueras del lugar. Le pareció rara la manera en que se disponían los pocos que habían llegado y malició un golpe en su contra. Evitó adentrarse, y quiso probar qué pasaba si se echaba a correr fuera de la zona. Al instante, surgieron tres malandros escondidos debajo de unos cartones. A los tres, aunque estaban armados con cuchillos, los derribó sin mucho esfuerzo. Una patada dio cuenta del primero que tumbó a los otros dos. Sintió un leve ardor que le calentó la sangre, una de las navajas alcanzó a rayarle la pierna. Aparecieron dos más, uno de ellos con un revólver hechizo. El encargo era evitar que él accediera a la zona de los túneles. La única alternativa que tuvo fue escabullirse por un callejón sin salida. Lucía más fácil escapar de las balas que trepar la pared del fondo, pero no había de otra. Sonaron dos disparos, uno de los cuales rechinó en un tanque metálico que por poco le da en un brazo. Los tenía tan cerca —que podía percibir el hedor de sus ropas mugrosas— cuando un perro rabioso les estorbó el paso y hasta los hizo devolverse. Impulsado por los temores, escaló la tapia con relativa facilidad. Debía correr por la carretera aledaña a la parte del basurero donde malhechores de la peor ralea se drogaban todo el día. Si hacían parte del complot, estaba perdido. La única forma de saberlo era arriesgándose. Cruzar el vertedero era el mejor atajo a una de las entradas de los túneles, pero no esta vez si quería salir con vida de allí. Se decidió por la carretera y corrió a todo lo que le daban sus pies. Los dos primeros que lo avistaron se apresuraron en diagonal para acortar el camino y salirle al paso. Él alcanzó a pasar antes de que ellos llegaran a la calzada. De un grupo que estaba adelante vio levantarse a otros, que esta vez salieron en su defensa golpeando a los que ya le pisaban los talones. Se desató una pelea campal entre quienes al ver la trifulca se sumaron a favor y en contra. Gabriel advirtió el eco de gritos de guerra acercándose. La respuesta le llegó al volverse. Los que lo habían citado emergieron con una turba armada con palos y navajas. El largo trayecto para llegar al primer cruce con otra calle anulaba sus esperanzas; no demorarían en alcanzarlo. A lo lejos asomó un auto en contravía. Nadie paró. Muñecón corría por su vida y los otros por el oro en polvo en sus libretas. A ninguno los asustaba un carro por esos caminos; por el contrario, era la oportunidad de desvalijarlo en cuanto se detuviese. El automóvil frenó frente a Gabriel. El copiloto se asomó por la ventanilla disparando ráfagas de ametralladora espantando a sus perseguidores.

—¡Por favor, no me hagan daño! —rogó Gabriel con las manos en alto.

Del auto bajaron dos gorilas que caminaron hacia él, ordenándole que se callara.

—Voltéate —le susurró el más alto cuando lo tuvo de frente.

Al hacerlo, el otro lo derribó dándole un culatazo en la base del cráneo. Como una coreografía ensayada a la saciedad, entre los dos lo levantaron como si fuera una valija, lo embutieron en la cajuela, subieron al auto y desaparecieron por un callejón en medio de una estela de humo.

360°

www.360grados.com

VILLA RICA   EDICIÓN   COLONIA DEL SUR   POLÍTICA
JUDICIAL   MUNDO   DEPORTES   ECONOMÍA

Un héroe silencioso

Maximus Odiseo será el sucesor del presidente de Estados Unidos, según rumorean los congresistas del gigante del norte. Nunca nadie ha contado con la aprobación por igual de republicanos y demócratas como este hombre al que apodan: el héroe silencioso. Y es que muchas de las operaciones exitosas del gobierno han sido propuestas, vigiladas o llevadas a cabo por él.

A pesar de ser un condecorado capitán de la Infantería de Marina que ha participado en dos guerras, a Odiseo se le atribuye el ser un hombre de paz. Logró un acuerdo a última hora entre su país y una coalición de aliados conformada por China y Rusia, frenando lo que ya se decía era una inminente tercera guerra mundial. Pero su gran sueño es lograr la paz entre Israel y Palestina. Ya ha promovido importantes acercamientos entre las dos naciones.

Por eso y por su gran capacidad de liderazgo y preparación en temas económicos, su nombre es coreado por los políticos de ambos partidos. «Nadie más indicado que él para asumir las riendas del país en un momento en que nuestro presidente está prácticamente secuestrado», dijo el expresidente Bush, que no duda, además, de su capacidad para enfrentar y desmantelar a la banda terrorista de Los 7. (Continua en la página 4).

CAPÍTULO 27

—¡Despierta, Lola! —insistía Ricardo zarandeándola.

Ella reaccionó pesadamente.

—Por fin apareces, ¿dónde te tenían? —le preguntó con los ojos entrecerrados. Estaba cansada, no había podido dormir bien. Le resultaba humillante estar secuestrada por un grupo terrorista; la entrenaron para combatirlos, y ahora los habían reclutado a la fuerza para aumentar sus filas. Era de locos: la impensable soldadesca del ejército de Los 7 la conformaban sus peores detractores, luego de ser inoculados con el virus Oniria A-1. Entre ellos, Zoe de la Cruz y Gabriel Rojas, quien ni siquiera la había reconocido.

—Vamos a escaparnos.

—¿Qué haces vestido así?

Ricardo vestía prendas de uso privativo de Las Fuerzas Armadas de la Colonia.

—Toma, tengo este para ti —le mostró una bolsa plástica con un uniforme de La policía.

—¿De dónde has sacado eso?

—Ahora te cuento. Cámbiate rápido, es el momento de escapar.

—¿cómo me zafo de esta cadena?

Ricardo extrajo una horquilla metálica del bolsillo que exhibió como un trofeo. La liberó en cuestión de segundos y le dio la espalda.

—¡Apresúrate!

Lola obedeció mecánicamente. Había perdido el entusiasmo. ¿Qué sería de Gabriel?, su recuerdo le punzaba el pecho.

—Estoy lista.

Atravesaron el portillo y se enfrentaron al largo corredor escasamente alumbrado. A Lola la tomó por sorpresa, ver a los guardianes de la cueva sentados en el piso, recostados en la pared a lo largo del pasillo.

—¿Los vamos a dejar aquí?, ¿no vamos a hacer nada?

—Ahora mismo no podemos hacer nada.

—¿Pero por qué están así?, ¿qué les han hecho?

—¡Sígueme!

Lola se detuvo, reacia a dar otro paso. Ricardo se regresó, la tomó por los hombros y le habló dulcemente.

—Lola, por favor, a mí también me duele dejarlos aquí. Sé que amas al agente Rojas, pero entiende, debemos hacer lo que más conviene.

—¿Salir por dónde, para qué? Si lo piensas bien, es más seguro quedarse aquí, todo el mundo te persigue.

—Pensarás que es una locura, pero si no encuentro los libros que te mencioné nunca podré salir de esta pesadilla.

—¿Y, yo qué? No puedo seguir hundiéndome más en...

—Está bien, si quieres, puedes dar parte a la policía para que vengan a rescatarlos. Pero ahora, debemos salir.

Lola no entendía nada. No sabía si podía creerle a Ricardo ni qué hacer. Suspiró largo y decidió dejarse llevar.

Recorrieron los recovecos que ya Ricardo había transitado antes y emergieron de entre las raíces del sicómoro al mundo exterior como la teniente González de la Policía Nacional y el sargento Pérez del Ejército Colonial. Era un poco más de mediodía. Aventurarse en Villa Rica, centro de operaciones de las principales inteligencias mundiales, amparados tan solo por aquellos uniformes, era una misión suicida.

Acordaron separarse. Lola juró que lo arrestaría si volvía a verle.

—No debiste ponerte ese uniforme, eso es un delito.

—Algo se me ocurrirá.

Ricardo aceptó de mala gana la decisión de la agente Fuentes y le propuso caminar hasta la vía transitada más cercana.

Ella aceptó a regañadientes. Él le dijo que lo esperase en la parada del bus mientras entraba al orinal de un billar. No obstante, cuando lo volvió a ver, venía en una moto de alto cilindraje que frenó a su lado.

—¡Móntate!

—Ni loca.

—¡Móntate, pronto! Es lo último que haremos juntos.

Ella estaba renuente. De tener el arma lo hubiera arrestado. Se agotaron las opciones cuando se asomó un grupo de barrigones mal encarados blandiendo tacos de billar reclamando por la moto robada.

—¡Me debes una! –exclamó ella y se subió de un brinco.

Subieron la inclinada pendiente de la autopista que conducía a Villa Rica y, en menos de tres minutos se internaron por las calles del norte, menos propicias para la presencia policial. Se detuvieron en un bulevar que daba lugar a una y que los obligaba a separar sus rumbos. Ricardo bajó de la moto con la excusa de estar más cerca de su destino. Ella aceptó tomando el volante, todavía molesta, pero se le bajaron los humos cuando él, repentinamente, la abrazó despidiéndose.

—Chao, Cuídate —le dijo él sin darle tiempo a responder.

Ricardo no quiso mirar hacia atrás cuando oyó la moto ponerse en marcha, no quería ceder a sus sentimientos. Zoe era la única con la que no se había sentido defraudado. Lamentaba que Lola tomara esa decisión. A pesar de estar en bandos contrarios, la intuía, sabía que no era feliz. Si ella pudiera entender que él no era culpable de nada, que era una marioneta de las circunstancias, de los miedos y de fantasmas del pasado responsables de sus periodos de inconsciencia... Pero en aquel momento no podía darse el lujo de sentimentalismos. Era crucial recobrar aquellas libretas y demostrar su inocencia; recuperar las piezas para recomponer su vida. Ser libre por fin e irse con Zoe muy lejos de allí.

Se adentró en el barrio Villa Santos con rumbo a la casa de Licantro. Pensar en colarse en su casa era una insensatez, pero debía intentarlo. Su vida dependía de ello. Lo que no imaginó fue toparse con un camión del ejército desembarcando dos docenas de soldados en el parque de la zona. Se refugió detrás de un árbol hasta que pudo escabullirse entre ellos haciéndose a uno de sus fusiles. Cuando se formaron para escuchar las disposiciones del comando central, él ya era uno más.

—Apoyaremos las labores de inteligencia de la policía —ordenó el capitán Rogelio Piñuela—. ¡Rodeen el parque! ¡Ar!

Dos camiones de la policía ingresaron a la zona y rodearon el parque antes de continuar hacia el final del barrio.

—No puede ser, van para donde Licantro —farfulló Ricardo.

Se oyeron ráfagas de fusiles por el camino que habían tomado los camiones policiales. Inmediatamente, el llamado del capitán fue para organizarse y marchar hacia el lugar de los hechos.

No tuvieron que desplazarse, los hechos salieron a su encuentro: tres camionetas perseguidas por otras dos, entrelazadas en un infatigable tiroteo se instalaron entre la policía y el ejército en un cruce de balas de todos los calibres.

Ricardo se lanzó al piso. En vano se esforzaba por ocultar sus múltiples miedos. La torpeza lo delataba enredándole pies, manos y atascándole las palabras al resecársele la boca. Sin embargo, cuando el miedo era tanto, en ocasiones se prendía un clic salvador que le disparaba los instintos de supervivencia. Un cambio tan radical que parecía otro, recursivo y capaz de hazañas increíbles.

Una bala impactó la cabeza de un vecino que en su auto de lujo intentaba refugiarse en su casa. El coche rodó hasta que la acera lo detuvo a la orilla del parque. Ricardo corrió a darle primeros auxilios, sin embargo, ya estaba muerto. Lo depositó en la grama, subió al auto y salió en busca de la casa de Licantro. Entonces, lo divisó guareciéndose detrás de la puerta del copiloto de una camioneta mientras disparaba a todos lados.

—¡Sube! —Le ordenó Ricardo deteniendo el auto casi a su lado.

Licantro estuvo a punto de dispararle pensando que era un soldado hasta que se dio cuenta de que detrás del uniforme y la cabeza rapada estaba el mismísimo Ricardo Batachanga, su eterno rival. Volvió a considerar dispararle, de seguro no tendría una mejor oportunidad. Era eso o salir vivo con su ayuda.

—¡Cúbranme! —grito Licantro a sus hombres.

Cuando estuvo seguro de que lo hacían, corrió hacia el auto de Ricardo.

—¡Maldita sea, me dieron! —bramó de dolor por un tiro de fusil en la pierna izquierda.

Ricardo se bajó, lo ayudó a subir a la parte de atrás, y se marcharon.

360°

www.360grados.com

VILLA RICA · EDICIÓN · COLONIA DEL SUR · POLÍTICA
JUDICIAL · MUNDO · DEPORTES · ECONOMÍA

Señales del cielo

Gran consternación ha causado las declaraciones del papa acerca de una señal divina que ha aparecido en su cuerpo como una revelación trascendental para la humanidad. La mencionada marca, que para sus detractores no tiene nada de milagrosa, lo obligó a dar muchas explicaciones.

Para la Iglesia Católica, un estigma es una señal sobrenatural que aparece en el cuerpo de algunos santos, como símbolo de la participación de sus almas en la pasión de Cristo. Definición que ha dividido las opiniones, en cuanto a la veracidad de la marca papal que nada tendría que ver con las heridas sufridas por el Nazareno.

Al parecer, el descubridor del estigma en el cuerpo de papa fue uno de sus acólitos, que al despertarlo en la mañana y ayudarlo a levantarse, notó en el dedo gordo de su pie derecho —entre los verdes de la uña infectada de hongos— una revelación que había comunicado con anterioridad a sus fieles. Era el rostro del capitán Maximus Odiseo, del que aseguró hasta las lágrimas que era un hombre escogido por Dios. (Sigue página 6).

CAPÍTULO 28

Villa Rica era zona de guerra. Si a Ricardo le tocó enfrentar las consecuencias de ello, a Lola no le correspondería menos. Aquella tarde que se despidieron, determinados a seguir cada uno su camino, fue un día de esporádicos fuegos cruzados en la ciudad. Ella se toparía con uno de los más intensos, el cual, como era su costumbre, no eludiría.

Después de dejar a Ricardo, se dirigió a la Fiscalía a dar parte sobre el escondite de Los 7. Al llegar al centro de la ciudad, tenía claro que los múltiples retenes eran también por ella. Ahora era una proscrita acusada de ayudar a un terrorista. Eso lo cambiaba todo. Se aliaría con el diablo de ser necesario para combatir aquella injusticia.

Resolvió regresar por Ricardo hasta el bulevar donde lo había dejado. Los retenes regados por la ciudad la obligaron a rodear la metrópoli para lograr su cometido. El uniforme de policía la hacía blanco de los que le ponían precio a la cabeza de los agentes solitarios. A la altura de la calle Murillo con la carrera catorce, el sistema de semáforos enloqueció y la fila de autos era interminable.

—Veamos de qué estás hecha —le farfulló a la motocicleta al tiempo que aceleraba entre los autos.

Trepó por las aceras y atravesó el peligroso parque de los Marañones hasta alcanzar las postrimerías de la capilla central. Sospechó que algo andaba mal al detectar algunos vehículos sin placas estacionados en las esquinas. Bajó la velocidad y bordeó la capilla para comprobar si solo eran imaginaciones suyas.

Al frente de la iglesia, dos tipos recostados en una camioneta blanca de vidrios ahumados se incorporaron al ver al padre Maldonado que se disponía a bajar las escalinatas. Lola giró en la esquina siguiente y se acomodó detrás de un árbol esperando por si algo pasaba. Uno de los rufianes se apresuró a las gradas desenfundando una pistola para dispararle a Maldonado. En el acto crujieron balas desde la retaguardia. El sicario cayó víctima de un proyectil que le salió por el pecho. Maldonado, temblando, se agachó y caminó en cuatro patas murmurando rogativas a la virgen. El otro asesino se deslizó hasta él, lo arrastró por el cuello a la camioneta y salió rechinando entre el humo de neumáticos quemados.

Otra vez los enfrentamientos entre las bandas de Licantro y de Fabricio propagaban el caos en la ciudad. A la misma hora que Ricardo quedaba en medio de la balacera entre los dos bandos enemigos, al otro lado de la ciudad los hombres de Licantro iban por Fabricio, pensando que estaba con el cura. De no encontrarlo, la orden era matar al clérigo.

Lola se le atravesó a la camioneta forzándola a estrellarse contra un poste. Frenó al pie del conductor, le golpeó la cabeza contra el timón y le quitó el arma. Se dio la vuelta y abofeteó al sacerdote hasta hacerlo reaccionar. Lo haló por el cuello de la sotana hasta subirlo a la parrilla y salieron a toda máquina.

—¡Gracias, Dios! —exclamaba Maldonado aferrándose a su salvadora.

—Agárrese bien, señor cura.

—Dios te pague, hijo.

Lola sonrió al notar la confusión del cura, pero no lo sacó de su error. Al salir de la zona de batalla, la calma fue evidente en ambos.

—¡Miércoles! Tú eres una mujer —se quejó al notar los pechos de Lola.

Insistió por los retrovisores hasta que pudo detallar a la mujer que lo acababa de salvar de la muerte.

—Pero si eres... la teniente Fuentes.

—La misma que lo salvó. No lo olvidé.

—Eres una fugitiva. Eres... —empezó a toser y a escupir a causa de un insecto que se le metió en la boca.

—Eso es señal de que dice cosas malas, señor Maldonado —se carcajeó Lola, sobreactuando como las brujas malas de los cuentos.

La moto zigzagueó.

—¡Mira lo que haces, Jezabel! —le gritó el cura sin dejar de escupir.

—Yo seré Jezabel, pero usted es Maldonado, ese apellido es perfecto para un hijo del diablo como usted.

—¡Calla, estúpida! ¡Irás directo al infierno! —ahora el que sobreactuaba como hechicero pérfido era él—. Tú eres la cómplice del asesino de Adán y Eva.

Lola viró bruscamente al detectar un retén policial en la siguiente esquina.

—¡Te voy a denunciar! —vociferó el cura.

—¿Ah, sí?

—¡Como lo oyes, hija del demonio!

—¡De acuerdo! —exclamó con rabia y aceleró la moto.

Veinte metros adelante la levantó sobre la llanta trasera y Maldonado cayó de espaldas en el pavimento. Aunque indignada, se detuvo a constatar que se podía mover y se alejó mostrándole el dedo.

Lo que no alcanzó a ver la agente Fuentes fue el automóvil sin placas del que se bajaron otros tres curas, levantaron a Maldonado y lo metieron en la cajuela.

360°

www.360grados.com

| VILLA RICA | EDICIÓN | COLONIA DEL SUR | POLÍTICA |
| JUDICIAL | MUNDO | DEPORTES | ECONOMÍA |

Un desfile inusual

Nunca se ha sabido de una campaña más inusual y comprometida que la llevada a cabo por los presidentes del G-7. No conformes con hacer un calendario, la noche anterior desfilaron con atuendos femeninos en pro de la paz y la unión de los pueblos en el Everything fashion celebrado en Vancouver.

El desempeño de los mandatarios en la pasarela dejó con la boca abierta a más de un diseñador. «No hacen falta canutillos ni lentejuelas para lucir bien; sobran los remilgos cuando se trata de poner un granito de arena…, o una falda, en pro de la paz mundial», comentó entre risas el presidente estadounidense ajustando el escote de su vestido.

«En esta jornada, la protagonista es la generosidad», afirmó el presidente ruso. Huérfanos sirvieron de meseros, los manjares sobrantes fueron donados a fundaciones de ancianos y las donaciones recaudadas fueron entregadas a una oficina de la alcaldía para su buen manejo. (Continua en l página 5).

CAPÍTULO 29

Ricardo trasladó a Licantro a las instalaciones del club de Caza y Tiro, un paraje de propiedad del mafioso, clausurado recientemente por actividades sospechosas.

—¡Vas a pagar muy caro, imbécil! —lo amenazó Licantro.

—Es momentáneo, solo para que podamos hablar.

—Te aprovechas porque estoy herido.

—No seas dramático, la bala apenas si te rozó —se burló Ricardo—. Eres el mismo cobarde de siempre.

La rivalidad entre ellos venía desde niños. Pugna nacida en el corazón de Licantro por celos con su padre. Choche descubrió las facultades paranormales de Ricardo y desde entonces, lo prefirió. De ser un jovencito que ayudaba en las labores de la casa pasó, sin siquiera desearlo, a ser su aprendiz en todo lo relacionado con la comunicación con los muertos y otras artes oscuras.

—Te he perdonado todo —le dijo Ricardo con calma—, la persecución, las muchas veces que has intentado matarme, que me hayas inculpado, y enlodado mi nombre, pero lo que si no te puedo perdonar es que...

—Qué, ¿que me haya metido con la hija del pastor Agüero?

—Con mi novia.

La carcajada de Licantro, amainada por la brisa nocturna, fue un látigo en el corazón de Ricardo.

—Siempre fuiste malo, hasta con tu padre al que mataste.

—¡Maldito!, ¿cómo te atreves?

Ricardo también sabía cómo herirlo, este era su momento y no estaba dispuesto a claudicar en su desquite.

—Fuiste el consentido de tu madre, pero tampoco dudaste en matarla.

—¡Te juro que vas a pagar por esto!

—Mataste a la doctora Paba, y te atreviste a meterte con la mujer de tu mejor amigo...

—¡Sí! Margarita. Alana y Zoe de la Cruz, también fueron mías.

A Ricardo le hirvió la sangre. Hizo un esfuerzo sobrehumano para no golpearlo.

—Me alegra que lo confieses. Te tengo una sorpresa.

Apareció con Fabricio Montaner amordazado y amarrado a una carretilla porta equipajes.

—¿Qué tal esta sorpresa? —le dijo a Licantro mirándolo al tiempo que le quitaba la mordaza a Fabricio.

Como perros rabiosos, Fabricio y Licantro espumajeaban maldiciones y se hacían mutuas amenazas de muerte. Ricardo esperó que se cansaran de gritar para intervenir.

—Soy Diego Milano, ¿no se acuerdan de mí?

Boquiabiertos, los dos no pudieron pronunciar palabra. Era como si Ricardo fuera poseído por otra persona.

—Soy el investigador que su mujer, don Fabricio, contrató para que descubriera su romance con Patricia Rico.

Licantro quiso burlarse. Milano le dio un golpe en la cara.

—¡Cállate! Ya tendrás tu turno.

—Como le dije, Montaner; Margarita supo de su encuentro en Miami por mí. Fui yo quien le dio la idea de comprar la pistola. Lo de esperarlos escondida en el closet de la habitación, meterlos desnudos, amarrados en la cajuela del auto y liberarlos en pleno centro de la ciudad, es mérito suyo.

—¡Maldito! —exclamó Fabricio.

No alcanzó a decir más por la trompada en la nariz que recibió de Milano.

—Lo que sí es mérito mío fue hacerla mía.

Ni Fabricio ni Licantro se atrevieron a decir nada. Diego Milano rio espasmódicamente, hasta que, apuntándoles con la mano como si les disparara, retomó la palabra.

—Por algún tiempo pensé que la doctora Alana Paba había sido envenenada por órdenes de ustedes. Luego descubrí que Margui lo planeó todo.

—¡No diga estupideces! —escupió Fabricio—. Margarita no es capaz de matar una mosca.

—El estúpido eres tú. Nunca supiste quién es ella. La letré se hizo amante de Julián Porras para matar a Alana.

—¿Por qué haría eso?

—¡Por meterse con su amante! Tu mejor amigo —le señaló a Licantro.

—¡Maldito, te voy a matar! —Le gritó Fabricio a Licantro, quien reía con desprecio.

Milano les dio la espalda dejando que se insultaran. Cuando volteó era otro.

—Soy Samuel Díaz.

Los gestos de Fabricio y Licantro mostraban su dificultad para asimilar aquello.

—Tengo fotos, videos e información íntima de ustedes.

Los secuestrados no alcanzaron a reaccionar porque, ante sus ojos, Samuel Díaz cambió y... era otra persona.

—Soy Mona potter, la de la carriola, la que te hizo caer del puente Mueco.

—Y, yo —con otra voz femenina, pero autoritaria—, soy Rebeca Camping.

Se acercó a Licantro y le apretó la barbilla—. O Yaritza, o la Sibila. ¿Te acuerdas, mi amor?

Licantro vio la llama en sus ojos y bajó la cabeza. Ella rio suavemente, agitando los hombros.

»Yo soy la encargada de avivarles la noche. Por fin podrán desquitarse el uno del otro. No crean que no lo lamento. Muchos sacrificios hicieron ustedes a nuestro dios. Mucho disfrutaron jugando al puzle. Pero bueno, es justo, recoges lo que siembras. Y esta noche, alguno de ustedes no saldrá vivo de aquí. Es posible que ni siquiera alguno lo logre. Haremos lo siguiente. Aquí, en este mismo escenario donde muchos de sus enemigos fueron cazados como animales, hoy ustedes sabrán lo que es correr por sus vidas.

—¿Qué vas a hacer bruja miserable? —lo increpó Fabricio.

—Nada diferente a lo que ustedes hacían. Primero, podrán matarse entre ustedes.

—¿Primero? —preguntó Licantro.

—Sí, primero les tengo una sorpresita que les va a encantar. ¿Te acuerdas de tus leones?

—Cuidado, ¿les has hecho algo a Mambo y Kumbara?, porque te mato.

—No. Los he traído a la fiesta. Tan pronto yo traspase la puerta hacia el área de recepción, accionaré el control remoto que les abrirá la jaula. Son doscientos metros, así que les recomiendo que se apresuren.

Sacó dos cuchillos de detrás de la carretilla en la que estaba Fabricio y se los puso en las manos.

—Para que no digan que soy injusta.

Rebeca, emulando a Licantro, estalló en una carcajada mientras se contoneaba caminado a la garita y les decía adiós con la mano.

360°

www.360grados.com

VILLA RICA EDICIÓN COLONIA DEL SUR POLÍTICA
JUDICIAL MUNDO DEPORTES ECONOMÍA

Desaparecen seis agentes internacionales

El día de ayer, seis agentes de seguridad desaparecieron en Villa Rica. Los alemanes Boris Akerman y Rudolph Menahem; Brooke Williamson y Candy Brown, de Reino Unido; Sara Fernández de España; y Maurice Bélanger de Francia se suman a la larga lista de desaparecidos en el país.

El ministro de defensa acusa del hecho a Los 7, quienes se estarían valiendo del secuestro sistemático para engrosar sus filas.

El pronunciamiento de los mandatarios de los países de origen de los agentes desaparecidos no se ha hecho esperar. Aseguran que tomarán cartas en el asunto. A ello se suma el ofrecimiento del capitán estadounidense Máximus Odiseo, para mediar en la liberación de los secuestrados. (Sigue página 3).

CAPÍTULO 30

Para Zoe, las noches eran un calvario con aquella herida que le estaba comiendo la espalda y por el estrés que le producía no poder dejar de pensar en Ricardo. Por algún motivo que desconocía, la instalación del virus en sus sueños había fallado. A veces prefería estar desconectada de su realidad sin importar quién o qué regía su vida. Entonces pensaba en Ricardo y se obligaba a seguir luchando, a sobrevivir al menos hasta que todo se solucionara. La animaba la idea de acceder a los cuadernos que celosamente guardaba el recién llegado agente Rojas.

La ventaja de no estar alienada con aquel juego macabro y fingir que sí lo estaba, era que podía desentrañaba lo que se tejía en el interior de la cueva, y cuáles eran las intenciones de Los 7 al reclutarlos. El día anterior, entre las decenas que llegaron, había seis extranjeros a los que les dieron trato preferencial. Era irónico que los defensores del grupo terrorista, antes de ser capturados, fueran sus peores detractores. El soldado Maldonado, sin sotana ni jaculatorias, ahora defendía a capa y fusil las huestes del Comediante. Fue justamente él quien, sin asomos de misericordia, le propinó otro culatazo en la cabeza al agente Gabriel Rojas, en una riña por el liderazgo de su grupo.

El potente brebaje hipnótico que contenían aquellas gafas conectadas a la consola matriz de un juego sobrenatural sometía la voluntad a su matrix de sueños absurdos cuyo objetivo final no era la libertad, la igualdad, la paz o cualquier tipo de salvación, sino la burla como un bien común. Insignia de la que también se valía Zoe para hacerlos pelear, ralentizar las acciones o beneficiarse de ellas.

Jugó tan bien sus cartas, que se ganó el respeto y la aceptación de los demás. Sin reparos admitieron su ofrecimiento de cuidar al soldado Rojas en la guardia nocturna. Nadie sabía de la existencia de esos cuadernos aguantados por la pretina del pantalón por debajo de la camisa. Una vez estuviesen a solas y supiera que no había riesgo de alguna intromisión, iría por su objetivo.

—¿Qué haces, ladrona? —le increpó Lola, abriendo la puerta de golpe—. ¡Deja eso ahí!

—Qué, ¿me vas a arrestar?

—¡Te voy a arrancar esa risita estúpida! —sentenció Lola, y le propinó una patada en la cara que la lanzó contra la pared.

Zoe se desparramó a causa del nocaut. Sacudió la cabeza, apretó los ojos para recuperar el equilibrio, mientras intentaba levantarse. Lola no le dio chance, se le fue encima para arrebatarle los cuadernos que escondía dentro de la camisa del uniforme, propinándole puños en la cabeza. No esperaba recibir el tortazo en la oreja que la dejó tambaleante, quejándose con las manos en la cabeza como si fuera una bomba a punto de estallar. Ambas se veían aturdidas. Era una escena cómica de cine mudo. Difícil saber si se habían nivelado las fuerzas o estaban a punto de tirar la toalla. Empezaron a dar vuelta alrededor de la camilla, y Gabriel, como un muerto al que no le han cosido la boca, giraba con ellas. Cuando se alcanzaron terminó el baileo. Puños, bofetones, pellizcos, mordiscos, todo era válido. Lola la agarró por el pelo y en blanco se fue Zoe cuando intentó hacer lo mismo y se quedó con su peluca en la mano. Con esa misma le envolvió el cuello, impulsada por los jalones que recibía. La anudó tan fuerte que la fiscal, con la cara roja y con las venas infladas tuvo que arrodillarse. La fibra sintética del postizo le cortó las manos de tanto luchar para zafárselo del pescuezo. Era una pelea de toma y dame. Indistintamente el buen momento de la una cambiaba en favor de la otra. Forcejeaban en silencio para no alertar a los de afuera. Propósito improbable cuando otra vez se fueron al suelo tumbando un matafuegos y el botiquín de primeros auxilios. Ahora fue Lola quien se puso sobre Zoe y la estremecía por el cuello. Le recitaba improperios jurándole que le arrancaría la cabeza si no le entregaba lo que quería. Zoe, casi vencida, impulsaba las piernas hacia arriba como un pavo a punto de morir. En ese remeneo desesperado, logró meter las manos por debajo de los brazos de Lola, alcanzó el cuello de su blusa y le jaló la cabeza hacia atrás. Quedaron trabadas en una posición que establecía el empate técnico. Neutralizadas, en tablas, al punto de "Suéltame", "No, suéltame tú primero", ninguna daba su brazo a torcer. Zoe con un nuevo y mayor impulso subió una de sus piernas por encima de la cabeza de Lola y le aprisionó el cuello entre rodilla y pantorrilla consiguiendo quitársela de encima. Cayeron una por allá y otra por acá, bufando en cuatro patas.

—La pelea es peleando —gruñó Lola mostrando los dientes, alzándose con las manos en forma de garras.

Zoe se levantó con calma mirando a su alrededor con qué defenderse. Lola le mandó un zarpazo en el brazo que le sacó sangre, y volvió la danza. Se estudiaban, retomando fuerzas antes de volver al cuerpo a cuerpo. Aprovechando el golpe lanzado por su aguerrida contrincante, la agente Fuentes ejecutó un giro de 360 grados agachándose y estirando una pierna que la barrió y envió a la lona de espaldas. Pero más demoró en caer que en levantarse de un brinco, tan ágil que alcanzó a agarrar un puñado de sales derramada en el piso para defenderse.

—¡Ay, mis ojos! —se quejó Lola agachando la cabeza.

Zoe la abofeteó, la agarró por el cuello, y de un estirón que apoyó en su pierna flexionada se le trepó en los hombros a horcajadas. Pero el impulso fue demasiado. La pirámide de huesos se vino abajo tumbando la camilla, a Gabriel y volteando la bacinilla que estaba debajo.

—¿Qué pasa? –exclamó Gabriel con voz pesada, frotándose los ojos—. ¡Agente Fuentes! ¿Qué le pasó?

Pero ni Lola ni Zoe podían responderle, estaban privadas, medio desnudas y las libretas en disputa en el suelo tan maltratadas como ellas.

360°

www.360grados.com

| VILLA RICA | EDICIÓN | COLONIA DEL SUR | POLÍTICA |
| JUDICIAL | MUNDO | DEPORTES | ECONOMÍA |

Como si lloviera dinero

La determinación de los mandamases del mundo de distribuir el dinero incautado al narcotráfico entre sus ciudadanos, ha dejado un mal sabor entre los economistas. El impacto que esto causaría podría tener consecuencias a corto, mediano y largo plazo. Algunos pronostican recesiones y males peores.

«Es una decisión y no un proyecto de ley», dijo el presidente francés. «Debe implementarse cuanto antes. La demora es acordar los mecanismos de entrega para las ayudas a los menos favorecidos». Esta decidida generosidad pone en riesgo a los presidentes que lideran semejante iniciativa. Los señalamientos vienen primeramente de quienes aducen que estas acciones imprudentes son penitencias determinadas por La guerra soñada. (Sigue página 3).

CAPÍTULO 31

El tiempo se le agotaba a Ricardo. Los sistemas de seguridad estaban coordinados para evitar más burlas. O conseguía los diarios en los que constaba su inocencia o pronto no volvería a ver la luz del sol. Sabía que el capitán Artunduaga recibiría dinero por debajo de la mesa por su cabeza de parte de algunos gobiernos, aunque el presidente Yunque dijo quererlo vivo. Su única oportunidad estaba en casa de Fabricio Montaner, custodiada por tres agentes que no abandonarían su puesto así su vida estuviese en riesgo.

—¡Oiga, no puede estar aquí! —increpó el primer guardia a un reciclador que se cubría con una escafandra y parecía quemar algo en su carretilla.

—¡Nada agente, disculpe! —se excusó el indigente apagando el fuego.

—¡Quítese ese gorro! —insistió el agente.

Un segundo guardia se aproximó alzando el fusil.

—Solo es esto.

El reciclador desenvolvió un panal de abejas africanas que atizadas por el fuego pusieron a correr a los militares.

Con el camino despejado, Ricardo se despojó de la capucha y los guantes. Abrió la reja metálica que conducía a la terraza con una horquilla metálica, introdujo la carretilla y se adentró en la casa. Sin dilación fue a los puntos claves, incluso a la caja fuerte. Pero no había nada. Estaba perdido.

—¡Ricardo Batachanga, está rodeado! —anunció la policía por megáfono—. ¡Tiene diez segundos para salir o entraremos disparando!

Siempre odió aquellos relevos de consciencia de los que regresaba sin entender nada. Vivía avergonzado consigo mismo por irse de sí sin aviso. Cuando regresaba, parecía venir de otro mundo. Por eso, cuando la policía quiso entrar, él recorría el pasaje subterráneo que Fabricio mandó construir en su casa muchos años atrás.

Transitar aquella oscuridad lo conectaba con la suya propia. Imaginaba los pasadizos de su mente como ese oscuro callejón diseñado para la fuga. Quién sabe cuántos pasajes similares escondían en su inconsciente a los propietarios de las voces que lo atormentaban. Se sentía la casa de un pueblo cuyos moradores se multiplicaban día a día. Una aldea que al parecer tenía su propio Adán y Eva, eso dijo la doctora Paba días antes de ser apresada. Evocarla le apretó el pecho, la había querido mucho. Incluso cuando empezó a desvariar diagnosticando incoherencias, determinando lo improbable. Dictámenes insólitos que hablaban más de su precaria cordura que de la de sus pacientes. Llegó a decir —una risa amarga le punzó la garganta al recordarlo—, que Adán Y Eva eran él mismo. Desdoblamientos de su personalidad que lo habitaban y tenían vida propia. «¿Y yo soy su edén?», le replicó ese día al escucharla decir eso. «¿Me quiere decir que hay dos personas más en mí, una de ellas mujer, que están enamoradas y de las que yo no sé nada?». La misma sensación que tuvo entonces lo invadió ahora, en medio de la agitación por salir del pasillo subterráneo, cuando ella le contestó: «¿Dos?, no, muchas más, cientos, quizás. Tú eres muchos, una pesadilla, un pueblo terrorífico y destruyes lo que tocas». Lo hizo sentir como un zoológico. Desde entonces se veía como un arca de Noé en medio del mar nocturno con un cargamento de seres oscuros que ni siquiera podía imaginar.

Los telenoticieros informaron sobre el ataque del terrorista Batachanga, con abejas africanas, quien una vez más se le desapareció a las autoridades delante de sus narices. La policía volteó la casa de los Montaner, pero no pudieron hallar nada. También sus dueños estaban desaparecidos.

Otros tres fugitivos: Lola, Gabriel y Zoe, se enteraron de lo sucedido. Debían ayudar a Ricardo a salir de aquel atolladero. Pero al igual que el resto de la humanidad, desconocían su paradero. Sabían su urgencia por aquellos libros que ahora tenían en su poder.

"Dios los cría y ellos se juntan", tituló el diario 360° con fotos de ellos cuatro, a quienes tildaron de Pandilla del diablo. Y, hasta cierto punto, era cierto. Investigadores e investigados ahora compartían algunos objetivos comunes, no por exonerar de responsabilidades a Batachanga, sino para proteger al mundo entero. Matarlo sería un despropósito cuando él era quien tenía la contraseña para liberarlos de la abominable epidemia de burlas desatada por La guerra soñada que no dejaba títere con cabeza. Conciliar las diferencias entre ellos no fue fácil. Todavía la agente Fuentes y Zoe de la Cruz resentían en sus cuerpos la encarnizada lucha que sostuvieron en la cueva. Incluso quisieron continuarla cuando Rojas las despabiló, emocionado porque por fin podía recordarlo todo. Ni siquiera eso, en un principio, persistía el deseo de arrancarse la cabeza mutuamente. Recobraron la calma, y con sensatez, acordaron revisar juntos aquellos cuadernos, su contenido haría el resto. Se trataba de la historia clínica de Ricardo, que dejaba en claro contra quien se enfrentaban. Así como el diario de la paila, el sitio de torturas de Licantro, que por la magnitud de las atrocidades reseñadas nombraron El libro negro. Cuando lograron escapar de la cueva ya no había resquemores entre las féminas guerreras, y el único propósito que tenían era comunicar la verdad antes de que se suscitase una guerra de proporciones mundiales. Por lo pronto tenían que mantenerlo a salvo de las autoridades y Zoe, inspirada por las abejas, tuvo una rara idea.

Una hora más tarde, la comunidad de Villa Rica se enteró por las redes sociales de la urgencia de resguardarse en sus casas. Los animales del zoológico habían sido liberados por manos criminales. Controlar el serengueti urbano en que se transformó la villa llevaría el resto del día y de la noche.

No hubo heridos, algunos reportes de pánico o alteraciones de presión cardiaca, pero nada más. La rechifla mundial a las agencias de seguridad enardeció el deseo de las autoridades por dar de baja a Ricardo y a Los 7. A este grupo se sumaban ahora los agentes de la Fiscalía Gabriel Rojas, Lola Fuentes y la civil Zoe de la Cruz, de quienes no había indicios de si estaban sometidos a las órdenes de los terroristas o eran víctimas del virus virtual del sueño. En todo caso, la orden era la de "preferiblemente muertos".

360°

www.360grados.com

| VILLA RICA | EDICIÓN | COLONIA DEL SUR | POLÍTICA |
| JUDICIAL | MUNDO | DEPORTES | ECONOMÍA |

¿Abducidos o raptados?

Cerca de cuatrocientas personas han desaparecido en la ciudad de Villa Rica en la última semana. La preocupante situación ha sido objeto de burlas y controversias por quienes opinan que todo es una estrategia de marketing para una película de ciencia ficción. De otro lado, hay quienes ironizan que podría tratarse del rapto, un evento registrado en la Biblia y esperado por la iglesia cristiana.

«Ni lo uno ni lo otro, las investigaciones apuntan a un secuestro masivo», dijo el mayor Artunduaga. El llamado de las autoridades a la comunidad es a reportar cualquier detalle extraño. La oficina del alcalde encargado está planeando un sistema de recompensas para los informantes que ayuden a obtener resultados.

Una particularidad del caso es que los desaparecidos son hombres y mujeres que no sobrepasan lo treinta años. (Sigue página 8).

CAPÍTULO 32

—¡Ustedes saben dónde está ese criminal! —confrontaba furioso el capitán Artunduaga a Lola y Gabriel—. Saben mejor que nadie que si lo encubren, se les irá hondo, y yo me encargaré de ello personalmente.

La oficina del condecorado capitán de la Policía, sin escritorio ni archivadores ni sillas parecía más un apartamento de soltero, situado en el último piso del centro. El capitán atendía desde una hamaca para evitar sentarse por sus problemas de hemorroides. Lola y Gabriel lo escuchaban como colegiales a punto de ser castigados.

—Capitán, disculpe, pero es un abuso —replicó Lola.

—¿Un abuso? —Artunduaga se levantó de un impulso enfrentándola con el ceño fruncido.

—Sí, capitán, lo es.

—Explíquese.

—El agente Rojas y yo, suspendidos injustamente del caso del Puzle, fuimos secuestrados. Nadie sabe por todo lo que tuvimos que pasar. Cuando nos encontraron, nuestro propósito era poner en conocimiento estos hechos.

—Usted, Rojas, ¿qué tiene que decir a eso?

—Que todo es cierto, capitán. Yo recién recuperé la memoria, porque a causa de un golpe...

—No quieran verme la cara de idiota, yo sé que ustedes...
Lo interrumpió la entrada intempestiva de un agente.
—Perdone, capitán, pero tengo algo importante...
—Dígame, sargento Arias.
—Disculpe, capitán es que...
—Está bien, Arias, ya entendí. Ustedes —les dijo a Lola y Gabriel—, quedan libres por ahora, pero esta conversación no ha terminado. Ahora, lárguense.

Lola y Gabriel agradecieron con un corto saludo y salieron sin pronunciar palabra.

Sabían que esa información tenía que ver con la ubicación de Ricardo o de la cueva. Debían moverse rápido si querían evitar una masacre. Si encontraban el escondite de Los 7, matarían también a los secuestrados uniformados. Algo así sería grave para La Colonia. Una cosa era matar civiles y otra muy diferente a dignatarios y representantes de otros países. Pero ¿dónde encontrar a Ricardo? Abrir las puertas del zoológico el día anterior fue infructuoso, él nunca apareció. Su única esperanza estaba en el polvorín que pudieran levantar los medios. Zoe prometió que se encargaría de ello.

Lola y Gabriel no sabían qué hacer. Las especulaciones los hacían discutir sin llegar a ningún acuerdo. Peor aún, cuando vieron salir al capitán Artunduaga y su séquito, encabezando un operativo sorpresa que acometerían efectivos policiales que repletaban un camión. Seguramente, una misión a la medida del capitán, con datos precisos, la certeza del éxito asegurado y la cobertura necesaria de parte de reporteros y medios amigos.

Por momentos, Lola se iba en sus pensamientos y regresaba riéndose. No le cabía en la cabeza todo aquel despelote armado por el insulso de Ricardo. Aunque, a decir verdad, no era exactamente él, sino que lo tuvieron en las narices y no se dieron cuenta. Era él quien extorsionaba con videos a los de la morgue para que cosieran los restos de cadáveres distintos. Y fue él, experto preparador de muertos, quien simuló la muerte de sí mismo. Un dato desconcertante, pues según el diario de Alana Paba, esas siete personalidades intentaban destruirlo poniéndole al mundo en contra. Por ejemplo, Pedro Machuca, quien coordinó las golpizas al padre Maldonado y al pastor Agüero, ordenando a sus secuaces que repitieran una y otra vez que iban de parte de Ricardo Batachanga. Secuaces que eran extorsionados bajo amenaza de publicar en las redes sus videos íntimos recopilados por Los 7 en una labor del más elevado hackerismo. Fue así como tres tipos que ni siquiera se conocían, se presentaron en una camioneta robada lanzando tiros al aire en el funeral del pastor Agüero, o el mismo René Mignon que les hizo pasar un trago amargo a ella y a Gabriel cuando fingió ser el padre Maldonado en la capilla central. Increíble, pero esa cuadrilla de facinerosos, como los llamaba el capitán Artunduaga, provenía de una sola mente. Un cerebro que tenía al mundo de rodillas con un virus extravagante y que, según los últimos reportes, había infectado a más de cuatrocientos millones de personas en todo el mundo. También la cifra del que llamaban Ejército 7, seguía creciendo. La pugna, más que entre Los 7 y el mundo, era y tenía solución entre Ricardo y los fragmentos de su personalidad que sostenían una guerra a muerte que podía tener consecuencias planetarias. Resultaba inverosímil decirlo, pues al parecer todo emanaba de una misma fuente; pero a pesar de que eran siete contra uno, no habían podido con la personalidad central a la que tildaban de pusilánime. Ni poniéndole en contra a sectas recalcitrantes que se hacían llamar cristianas ni aliándose con el mismísimo diablo. La secta satánica liderada por Licantro, según su propio diario, declaró enemigo a Ricardo, por los videos de sacrificios humanos que en verdad fueron grabados por Diego Milano.

    Un indigente llamó la atención de Lola y Gabriel, dejándoles un papel arrugado en la acera.

    Era Ricardo. Tan pronto cruzó la esquina, se hicieron con el mensaje. Zoe había cumplido y los esperaba en una camioneta blanca dos cuadras más arriba. Ricardo ignoraba que Zoe había divulgado a través de un portal internacional de Internet la importancia de lo que se desataría en Villa Rica en las próximas horas. Descubrió ante el mundo la verdad sobre Los 7 o, más bien, la verdad sobre Ricardo Batachanga y sus otras siete personalidades. Semejante noticia se hizo viral y la retransmisión televisiva capturó todos los canales mundiales. Que el mundo hubiese sido sometido y burlado por un hombre resultaba inverosímil y fuera de toda lógica. La burla a las soberbias agencias de seguridad del primer mundo se tradujeron en memes, al igual que el apoyo masivo a Ricardo, al que elevaban a la categoría de héroe. El llamado de Zoe era a que se respetase la vida de Ricardo por humanidad y porque era quien podía destrabar el juego onírico que ya era epidemia mundial. Si las autoridades insistían en matarlo pondrían en riesgo a los secuestrados, quienes ahora lo defendían como su gran y único líder: el Comediante.

Al encontrarse los cuatro en la camioneta, el ambiente fue un tanto tenso, pero cordial. No sabían qué hacer con Ricardo, qué hacer por él, cómo mirarlo. Estaban minados de un lado por los afectos y del otro por la responsabilidad social. Sin embargo, por la mente de ninguno pasaba la idea de entregarlo. De hacerlo, sería a un psiquiátrico, al cónclave de terapeutas de primera línea. Detrás de aquella apariencia desgastada y sucia había un genio capaz de rendir a los mejores estrategas.

—Es cuestión de horas —les anunció Ricardo—. Por el momento, les di un señuelo falso que los distraerá un rato, pero no más. Ya estoy cansado.

Ricardo se quebró, apretaba los ojos con su diestra para no llorar.

—Tranquilo, amor, todo se va a solucionar —lo consolaba Zoe, abrazándolo.

Se humedecieron los ojos de Lola que volteó para acallar lo que le crujía en la garganta. Gabriel, sin saber qué decir, presionaba los labios, absorto ante aquel sujeto que era víctima de sí mismo, saboteado, perseguido y objetivo por destruir por parte de las siete personas que lo habitaban.

—Debo irme —dijo Ricardo enjugando las lágrimas—. Los quiero lejos, no quiero más víctimas por mi causa.

—Ni lo sueñes, tú nos metiste en esto y juntos vamos a salir —replicó Lola.

—Tenemos que sacar a los secuestrados de La cueva —añadió Gabriel.

Aquellas palabras activaron algo en su mente.

—Es verdad, si Artunduaga encuentra La cueva entrará a sangre y fuego —alertó Lola—. ¿Cómo distinguirán a los secuestrados si todos están uniformados?

Ricardo, con la cabeza gacha escuchaba todo. Delegaciones militares de diferentes partes del mundo transitaban hacia el norte de la ciudad. Grupos numerosos de personas empezaban a desfilar por las calles como si acudieran a algún tipo de fiesta de carnaval. Lola puso en marcha el auto, evitando que los reconocieran.

—Yo no quería decirles —interrumpió Zoe—, pero hay una convocatoria mundial a manifestarse en torno a esto, un clamor por el respeto a la vida de los secuestrados. Que sean liberados sin disparar una bala ni contra ellos ni contra Ricardo.

—A él sí, se lo merece —se pronunció Rebeca Camping, que iba de copiloto.

Los tres quedaron sin palabras por el impacto que les causó aquel cambio. No podían quitar la mirada de su rostro. Una transfiguración en segundos les mostró las caras de Los 7 hasta volver a Rebeca y su actitud de reina africana.

El eco de balas avanzando rápidamente hacia ellos los alertó. De tajo, se suspendió el confinamiento al que era sometido Ricardo por la infame presencia de aquellas siete personalidades.

—¡Le han dado a Zoe! —exclamó Gabriel.

Lola reaccionó acelerando, intentando pensar qué hacer en medio de aquel caos.

—¿Cómo está? ¡Gabriel, di algo! —exclamó Lola angustiada.

No había nada que hacer, Zoe estaba muerta.

—¡Detén el auto! —le ordenó una voz diferente desde Ricardo y la agarró por el cuello presionándola con una sola mano hasta que se detuvo.

Era el Comediante. Se bajó entre carcajadas después de declarar a voz en cuello.

—Se lo merecía. —Y se alejó corriendo sin parar de reír.

360°

www.360grados.com

VILLA RICA · **EDICIÓN** · **COLONIA DEL SUR** · **POLÍTICA**
JUDICIAL · **MUNDO** · **DEPORTES** · **ECONOMÍA**

Un mártir por la paz

El mundo amanece hoy asombrado ante el ofrecimiento del destacado militar norteamericano Maximus Odiseo, de dar su vida si con ello contribuye a la paz entre los pueblos. El capitán ha derramado lágrimas ante las cámaras de televisión al hablar de los más necesitados y ha prometido donar tres cuartas partes de su fortuna para causas benéficas. Afirma que la crisis mundial actual en las diferentes esferas lo entristece, que la humanidad debe replantear su ordenamiento y centrarse en la superación del hombre como tal. En este sentido, es crucial la tecnología, olvidar las viejas estructuras y auto redimirse por medio de una nueva libertad propiciada por la razón. «Si debo dar mi vida en aras de la superación de nuestra especie, no lo dudaría ni un segundo. Aquí estoy, tómenme», declaró emocionado.

La idea de un gobierno que unifique a todas las naciones del mundo social y espiritualmente ha sido el fundamento de su propuesta. Un gobierno, una lengua, una moneda, una perspectiva, un sueño serían la base para lograr una paz perdurable y una humanidad sin obstáculos para crecer. El mayor impacto no se debe a su ofrecimiento sacrificial, que ya de por sí es sobrecogedor, sino a lo que muestra el video oficial de su alocución, que ya supera los doscientos millones de visitas. Al concluir su discurso y alzar las manos, ha caído fuego del cielo. (Sigue página 6).

CAPÍTULO 33

—¡Maldito Batachanga! —Estalló en cólera el mayor Artunduaga—. ¡Lo quiero muerto!

Su asistente, el capitán Ramiro García, radió la orden sin nadie que lo escuchara. Los escuadrones elites se esforzaban por reprimir a la muchedumbre. La casa de Fabricio Montaner y Margarita Letré había explotado a la vista de todos y la multitud porfiaba por encontrar tesoros entre los escombros.

—¡No pueden pasar! —les negaba el paso el capitán García a los agentes Gabriel Rojas y Lola Fuentes.

—Oficial, entiéndalo, somos de la Fiscalía y necesitamos hablar con el mayor Artunduaga —replicó la agente Fuentes—. Por favor, es urgente.

—¡Le dije que no! —vociferó García y la empujó.

—¡Qué le pasa, imbécil! —reaccionó el agente Rojas.

—¿Qué es lo que pasa? —preguntó Artunduaga—. ¡García, déjelos pasar!

El capitán accedió de mala gana.

—¿Qué quieren? —los increpó Artunduaga, antes de que llegaran hasta él.

—Advertirle —respondió Lola.

—¿Advertirme? No sea atrevida.

—Disculpe, mayor. Mi compañera quiere advertirle del riesgo al disparar. Podrían matar personas inocentes.

—¿Inocentes? ¡No diga idioteces!

—Los secuestrados, mayor —replicó Lola—; usted sabe que están vivos. No olvide que también hay altos dignatarios internacionales entre ellos.

—Lo siento, la orden es disparar. Hoy acabamos con esa plaga.

El móvil de Artunduaga repicó.

—¡Retírense! —les ordenó antes de responder la llamada.

Ellos le dieron la espalda y caminaron lentamente tratando de captar la conversación.

—¡García, nos vamos! —le ordenó Artunduaga colgando la llamada—. Dé la orden. Dejen que esos animales se maten por lo que haya ahí.

Apenas había terminado de pronunciar la frase cuando explotó la caja fuerte. Los escuadrones policiales quedaron en medio del gentío por la plata sin poder movilizarse.

Simultáneamente, hubo cinco detonaciones más en dos casinos, una casa de empeño y las bóvedas de dos cajas de cambio que desbandaron a la muchedumbre por toda la ciudad.

Las agencias de seguridad, truncadas por el tropel, los bomberos y equipos de salvamento tenían las manos atadas. Observados por la comunidad internacional ejercían su aparataje coercitivo al mínimo, aunque había razones para apretar el pie de fuerza. La World Hackers Organization, notificó tener controlado el sistema de las ojivas nucleares del planeta, dirigidas en aquel momento a las principales ciudades. De no respetar la vida de los fugitivos, habría drásticas consecuencias.

Para colmo de todo este caos, desde varios kilómetros de distancia en el encapotado cielo de Villa Rica una luz descendía lentamente. El pánico crecía a medida que bajaba una enorme caja de cumpleaños. Le apuntaban los cañones, las cámaras y, por ende, el mundo entero.

360°

www.360grados.com

VILLA RICA · EDICIÓN · COLONIA DEL SUR · POLÍTICA · JUDICIAL · MUNDO · DEPORTES · ECONOMÍA

Enemigo público

El ejército, la policía y otros organismos del estado realizan intensos operativos de búsqueda por tierra y aire para capturar a Ricardo Batachanga, considerado el enemigo público más peligroso sobre la faz de la tierra.

La animadversión contra este sujeto se ha desbordado a raíz de las acusaciones del mayor de la policía Rodrigo Artunduaga. Al parecer, Batachanga sería el responsable de las explosiones de las últimas horas que tanto revuelo han causado en Villa Rica. El mayor señala que hay pruebas contundentes de que detrás del derrumbamiento de la sede del periódico 360°; de la iglesia; del manicomio de la Fe y de la capilla central, está la mano criminal del fugitivo. Igualmente, lo responsabiliza de la muerte del director de la cárcel Modelo, Julián Porras y del secuestro de la actriz y presentadora Margarita letré.

Sin embargo, hay quienes refutan a Artunduaga acusándolo de hacer señalamientos falsos para salvar su puesto de mando. Según sus contradictores, a excepción del asesinato de Julián Porras, el frente Papadopolous del grupo de Los 7, se habría adjudicado los hechos mencionados. (Sigue página 3)..

CAPÍTULO 34

En el malecón era la cita. Hasta allí se dirigió la turba con el ensimismamiento de una secta rumbo a su Jonestown. Cientos de miles de zombis caminaron orientados por la luz de una caja negra que caía despacio, hipnotizando desde el cielo. A las seis de la tarde el gentío colmó las riberas del río hasta Bocas de Ceniza, el emblemático punto de la ciudad donde desembocaba el río Magdalena en el mar Caribe, esperando que desnudaran de una vez por todas a aquel caballo de Troya.

La expectativa del mundo entero ante el lento descenso de la misteriosa caja generó toda clase de conjeturas. Las casas de apuestas no daban abasto, fluctuaban de acuerdo con las opiniones de los expertos en un global enlace televisivo. Armas, bombas, restos de secuestrados, información secreta, mapas, videos, hechizos y otros mejunjes menos creíbles completaban la lista de posibilidades.

Un equipo de rescate de la base naval, repartido en dos lanchas, se encargó de rescatar la caja que acuatizó justo en el encuentro de las dos aguas. El tamaño obligó a recurrir a un planchón de los que transportaban carros en el río. No pesaba mucho pero no se atrevían a arrastrarla. De hecho, ni siquiera la bajaron del planchón. El equipo antibombas recomendó alejar a la gente, pero el miedo de los espectadores no superaba su curiosidad. El mayor Artunduaga y los representantes de las agencias extranjeras estaban más preocupados por sí mismos que por la seguridad general.

Quitaron el lazo que sujetaba la caja, luego, con cautela retiraron el papel no fuera que contuviera alguna fibra explosiva. De pronto, la caja se abrió por sí sola, desencadenando la gritería colectiva y la zambullida al río de los tres técnicos antiexplosivos.

En vista de que nada pasó, se reanudó la exploración azuzados por los aplausos. Al tacto de uno de los soldados, emergió de la caja una espesa nube de escarchas azules y violetas que ascendía esparciéndose sin perder su espesura, una sinuosa aurora boreal que saturaba el cielo tropical hasta donde la vista alcanzaba. Un par de minutos duró aquel despliegue deslumbrante que a un mismo tiempo derramó una especie de rocío sobre los presentes. De pronto, emergió de la caja un reluciente baúl dorado exquisitamente labrado, en cuya tapa brillaba un cronómetro digital. Las caras de los presentes eran de asombro y el silencio era total. Las miradas de la mayoría se perdían en aquella nube que parecía al alcance de la mano. Los que estaban cerca y podían divisarla se enfocaban en aquel cronómetro que encendió sus números rojos en 60:00, e inició un conteo en retroceso. Cundió el pánico en todos los rincones del planeta. El término de esa hora no tenía que ver solo con Villa Rica, atañía a la humanidad entera. En los primeros diez segundos explotaron un igual número de bancos en el mundo. Uno por ciudad y en el siguiente orden: Nueva York, Londres, Hong Kong, China, Hamburgo, París, Madrid, Roma, Moscú y Tokio. Diez segundos después, la atención de los presentes ya no estaba en la caja, sino en las monedas y billetes regados en las calles de aquellas ciudades, donde, según reportaban los noticieros no hubo víctimas humanas.

—La orden es que no disparen —le dijo Lola al oído al mayor Artunduaga.

Se le agriaron las facciones al verla.

—¡Perdón, mayor, se nos escapó! —se excusó García.

—¡Sáquela de aquí!

Dos escoltas arremetieron contra ella.

—¡El mundo está en riesgo, no cometa una estupidez! —gritaba Lola, mientras escapaba del par de gorilas.

Buscó a Gabriel, pero no había rastros de él.

En ese momento se fue la luz perdiéndose la señal que enlazaba a Villa Rica con el resto del planeta. Era tal la oscuridad que ni siquiera se distinguía a la persona que se tenía al lado. Un apagón sospechoso que alertó a los representantes de los gobiernos presentes. Todo estaba controlado. Aquella nube de minúsculas luces azules y violetas formando un mar de candela, después un foso de aguas negras, un espejo que los reflejaba a todos hasta que se convirtió en un desierto marchito que extrañamente también les resecaba la boca. Entonces, se apagó el cielo. De su telón negro surgieron gigantescas imágenes de los siete jinetes del apocalipsis. La histeria colectiva era mayúscula, en sus pechos navegaba una impetuosa nave de viejos miedos, que no les dejaba distinguir entre la realidad y el espectáculo de un ilusionista. Los rostros de los jinetes estaban cubiertos con máscaras de arlequines. Y al sonar las trompetas, cada uno iniciaba una etapa de La guerra soñada. El juego de video en el que ahora todos participaban se proyectaba en el cielo.

En Villa Rica dejaron de existir Los 7, los problemas cotidianos, las preocupaciones por el asesino múltiple y otra cantidad de cosas frente a lo que semejaba el principio de una debacle mundial.

El primer jinete tocó la trompeta y cielo y tierra se estremecieron con la aparición de un escenario de sueños. El cielo cambiaba la escenografía del juego perverso con cada prueba y la tierra somatizaba el fracaso con una burla fraguada en las tripas que calaba en la consciencia de aquellos con desmedros y culpa. Una a una sonaba una trompeta y los padecimientos aumentaban. El tiempo se hizo denso y el espacio eterno. Fantasía, Libidos, Sombras, Tiempo, Terror y Muerte eran las palabras del juego en los sueños, en la mente de alguno. Círculos del averno para castigar a los perdedores, al final no hubo ganadores. Solo una burla que tronaba en las alturas, pero que parecía nacer del pecho de cada uno de los presentes. Lo impensable sucedió cuando los arlequines se despojaron a un mismo tiempo de las máscaras; y todos tenían el mismo rostro de Ricardo Batachanga.

Artunduaga y sus secuaces del orden repudiaban a su enemigo multiplicado por siete que bien podría aplastarlos con su mano. Lo que sucedió a continuación rebasó cualquier premonición, un acto que entrelazó la realidad futura con la ilusión. Ante la burla siniestra del Ricardo mayor, los otros lanzaban al mar los cadáveres de una mujer y un hombre. Luego se encendió la luz. Se apagaron las luces del cielo y se detuvo el reloj en ceros partiéndose por mitad, liberando la tapa del baúl. Lentamente, se levantó chirreando de sus entrañas de madera y metal un arlequín de carne y hueso sin capucha: el Ricardo Batachanga real, con una voz que no salía de él, más bien, resonaba desde el suelo: ¡Este es el principio del fin!

El asombro de los presentes hizo temblar el litoral entero. Desde el otro lado del mundo una exhalación pareció restablecer la señal televisiva, justo en el momento en que el golpe seco de un revólver mandó el cuerpo del Ricardo al suelo.

La tierra se detuvo dos segundos antes de que el caos irrumpiera en el planeta. La orden para aquel disparo o su autor material se ignoraban. La anarquía extendía sus estacas y las clavaba bien profundo. Nada volvería a ser igual.

Porque no tenemos lucha contra sangre y carne, sino contra principados, contra potestades, contra los gobernadores de las tinieblas de este siglo, contra huestes espirituales de maldad en las regiones celestes.
Efesios 6: 17

EPÍLOGO

Ricardo caía vertiginosamente por un insondable túnel de fuego, atestado de seres infernales. Demonios rabiosos con garras y dientes afilados que brotaban de todas partes igual que las flamas.

De pronto, una espesa oscuridad lo absorbió todo. El túnel fue devorado por la nada. Quedó un paisaje reseco, en cuyo suelo quedaron regados los cuerpos de una veintena de personas en un perímetro de cien metros. Un lugar fuera de este mundo. Humeante hasta donde la vista alcanzaba. El cielo se tiñó de osados contrastes. A lo lejos, la neblina se matizó de una variada gama de rosados y naranjas, en la que parecía contonearse fantasmas de distintos colores. De repente, un puñado de murciélagos gigantes, tan coloridos y cambiantes como el lugar, aparecieron de la nada surcando el cielo, semejantes a estrellas fugaces. Sin salir de su asombro, los recién caídos empezaron a moverse revisando sus cuerpos. Ninguno sangraba.

Sobrevinieron las desconfianzas por el lugar, por los otros caídos y por la cordura que al parecer los había abandonado mucho antes del feroz descenso.

El cielo crujía agudizando la zozobra, dando la sensación de que se aproximaba con cada parpadeo. Aquella vampiresca capa crepitaba en sus costuras. El roce de sus membranas producía un fastidioso chirreo.

—¿Qué clase de lugar es este? —farfulló Ricardo revisándose los huesos.

De pronto, todo se apagó. Cesó el centelleo y la neblina.

Ricardo sintió que la oscuridad lo tocaba e intentó pensar en otras cosas para no caer en los terrenos de la cobardía donde le era fácil perderse.

Se suspendió el crepitar en las alturas remplazado por un susurro tenebroso que emanaba del suelo. El silbido creció hasta convertirse en un zumbido insoportable que provocó un terremoto. Se oyeron gritos. Entre ellos reconoció el de Zoe, la mujer que amaba.

Una centella iluminó el cielo colmado de moscas que se precipitaba sobre ellos. Los murciélagos habían mutado a un enjambre inverosímil que, en Ricardo, evocaba las plagas de Egipto. Se levantó de un brinco y empezó a correr sin saber hacia dónde. La idea de ser rodeado por aquel nubarrón de bichos le revolvió el estómago.

Los gigantescos murciélagos también fueron alumbrados por el resplandor de otro relámpago. Las luces dosificadas anunciaban las fantasmales alimañas cada vez más cerca. Se avivaron los gritos.

Antes de ser embestidos por los murciélagos, la fosforescencia de una centella iluminó el lugar. Los truenos renovaron sus estrépitos. El paisaje se tiñó de tonos grises que traían consigo carcajadas de ultratumba desde los entresijos del suelo.

Sus peores sospechas fueron confirmadas al verlos desplegarse frente a ellos. Nubarrones de moscas se juntaron dibujando sombras infernales. Un juego macabro que a cada paso reinventaba espectros maléficos. Demonios expeliendo lenguas lombricientas que al siguiente momento eran vaho tenebroso repleto de insectos, entrañas humanas, vísceras de animales, sanguaza y ceniza olfateando el temor en las nucas de sus presas.

Cada vez que los rozaban un frío de muerte les infundía las ganas de huir. Entonces, algo extraño pasó:

Uno de los espantajos que rodeó a Ricardo abrió sus fauces, amagando con devorarle la cabeza. Retrocedió al tropezar con sus ojos. Los otros demonios también frenaron en seco. Volvieron las luces, la neblina y sus retazos boreales en el horizonte; se esfumaron las moscas y dejó de temblar. Por fin, dejaron de huir. Se relajaron suponiendo que no se trataba más que de una pesadilla. Pero los gritos histéricos de una mujer les devolvió de golpe el pesimismo. Un dragón se alzaba con Zoe de la Cruz revoloteando entre sus garras. Sus alaridos revivieron el terror y la prisa por escapar.

Ricardo sentía que se le desmoronaba el mundo. La mujer de su vida era apartada nuevamente de su lado, esta vez, por una horrorosa bestia que rugía perdiéndose en el horizonte. Entendió que era por él. No descifraba las razones, pero intuía que era su culpa. Sin ella, preferiría morir. No descansaría hasta encontrarla.

—¡Por aquí, vamos por aquí! —invitó Ricardo al resto del grupo, señalando unas rocas en forma de cueva.

Cuando Ricardo alcanzó el lugar señalado vio cómo tres mujeres y dos hombres eran apresados y remontados en las alturas por aquellas criaturas del abismo. El resto, aunque sin nada entre sus garras, seguía el rumbo de las afortunadas. El remanente en tierra se fue juntando con Ricardo. Extrañamente, como por arte de magia empezaron a multiplicarse ante sus ojos. Nadie decía nada, pero ahora sí los pudo reconocer. Era el particular vecindario del barrio Olaya con sus Leveros, Vagos, los de La escalerita y muchos otros peculiares personajes. La luz de un rayo empezó a encenderse y a apagarse como un bombillo a punto de fundirse, y cada vez que alumbraba era un escenario distinto: Judea en el año 33 d. C.; el Tronco en 1995; la iglesia Ovejas de su Prado rodeando al pastor Emiro, y otro, y otro ambiente colorido, fragante, deleitoso, pero tan falso como el anterior. Un recorrido esquizofrénico de espacios y tiempos que desquiciaría a cualquiera, a no ser que fuera el intento desesperado de una mente resistiéndose a sucumbir en el mar de la locura. De pronto, un ensordecedor trueno lo apaga todo, y una voz gutural retumbó con una amenaza.

—¡Empezó el juego!

De inmediato se agrietó el suelo con un terremoto que se insinuó suave, y diez segundos después era un hacha en las manos del caos destrozando la tierra.

Todo se desmoronó en un instante que se apreciaba en cámara lenta ahondando los vértigos de los momentos finales. Las rocosas fauces de un pestilente foso se abrieron de par en par devorándolos a todos como un bocado esperado. Ricardo encabezaba aquel grupo que se hundía en el semblante vaporoso de Máximus Odiseo delineado en las profundidades, escuchando voces de cuando era niño, voces de abuso, menosprecio, burla y maldición que horadaban viejas heridas.

Made in the USA
Middletown, DE
30 March 2024